光文社文庫

文庫書下ろし

ぶたぶた洋菓子店

矢崎存美（ありみ）

光　文　社

この作品は光文社文庫のために書下ろされました。

目次

森の洋菓子店

目の前には、まさに熊がいた。

そびえるような黒い影。うなるような声も聞こえる。

優流(すぐる)は大柄な方だが、それよりも大きかった。見上げるしかない。

「優流、早く！」

朔也(さくや)の声が聞こえた。だが、足が動かない。身体が硬直している。

「何しに来た？」

不自然なほどくぐもった声が響く。

「優流！」

耳元で融(とおる)の声がする。手を引っぱられて、ようやく呪縛(じゅばく)が解けた。声にならない悲鳴をあげて逃げようとしたが、その前に肩をつかまれる。

「待て」

肩が痛い。ものすごい握力だ。骨も砕けんばかりの勢いでつかまれている。

「このまま帰れると思うなよ」

「優流！」

二人が戻ってきた。

「逃げろ、二人とも！」

なんとか声が出た。が、

「そんなことできるかよ！」

融の声は震えていたが、きっぱりと言い切った。朔也は無言で腕をグイグイ引っ張っている。

だが、いくら逃れようとしても肩をつかんだ手は離れない。あまりの大きさにやはりこいつは熊、しかもヒグマではないか、と思ったその時――。

「どうしたの？」

なんとものんびりした声が聞こえた。ヒグマの動きが止まった。

「なんでもありません」

ヒグマの声の調子がちょっと変わった。人間に近づいた？

「そんなことないでしょ？　誰かいるの？」

「いえ、誰もいません」

「それはちょっと無理があるよ、ソラくん。声、聞こえまくってたから」

のんびりした声は、優しそうな中年男性のものだった。でも、優流はその声になぜかひっかかる。どうして？　何かが浮かびそうで浮かばない……。

「出てこないでください、ぶたぶたさん！」

ぶたぶたさん？

「いいんだって、ソラくん、ほんとに」

「いや、あきらめないでください！」

あきらめるって何を？

「……まあとにかく、その子たちを離してあげれば？」

「離せば逃げます」

「――逃げないって約束させればいいんじゃない？　逃げないよね？」

建物からわずかに漏れる灯りのみのほぼ闇の中、誰がどこで話しているのかもわからないまま、

「はい、逃げません！」

と優流は即答する。それに反して、肩に置かれたままの手にグッと力が入る。痛い痛

いっ！

「ほんとに逃げないな？　他の奴らもだぞ？」

「逃げません！」

朔也と融の声がそろった。

「じゃあ、とりあえず入ってもらったら？　虫も入るし」

「あっ、そうですね！　でも……本当にいいんですか？」

「いいのいいの。えーと……そろそろ潮時(しおどき)だよ……」

「ぶたぶたさん……！」

感極まったようなヒグマの声。なんだろう、この会話。ドラマみたい。

「よし、お前ら入れ」

手が離れた時、一瞬逃げちゃおうかと思ったが、このヒグマにそんな真似をしたら、本当に殺されると思って踏みとどまる。他の二人も同意見のようで、立ち上がった優流におとなしくついていく。

ふと顔を上げると、屋内の灯りが外に漏れて、入口のところに置いてある何かを逆光で照らしていた。

その小さな影に思わず立ち止まる。あの時も、なんだか不自然だと思ったが——ようやくわかった。

トコトコと歩み出たその小さな影は、ヒグマの持っていた懐中電灯の灯りの中に入る。全身が入ってしまうほど小さい。

「こんばんは。うちに何かご用ですか？」

そこにいたのは、ぶたのぬいぐるみだった。大きさはバレーボールくらい。右側がそっくり返った大きな耳と突き出た鼻。黒ビーズの点目と、エプロンをしている意味がない粉まみれの身体。鼻先が特に白い。

「ここは……コションのアトリエ、ですよね……？」

後ろから朔也が言う。

「そうだよ」

「俺たち、コションのパティシエに会いに来たんですけど……」

融の声はうわずっていた。

「パティシエは僕です」

ぬいぐるみがそう言ったとたん、

「……ああっ、コション！」

朔也の小さな叫び声は、くしゃみのようだったけれども、優流も同じ気持ちだった。コションというのは、フランス語で「ぶた」のことで――彼はまさしく「ぶた」だった。薄ピンク色のぬいぐるみだったけれども。

「優流……どうした？」

融が腕をつかんだが、その手はぶるぶる震えていた。

優流はようやく思い出していた。さっきひっかかっていたことだ。そしてぬいぐるみの声にも聞き憶えがある。

え、でも、あれ？　聞いた時のことを思い返すと――さらに呆然としてしまう。そんなことって、あるの⁉

いやいやいや――不可能でしょ？　いや、あれが不可能だったら、これも不可能で、だいたいぬいぐるみがケーキを作る自体が不可能で――。

「あれ？　君、あんまり驚かない？」

ヒグマが言う。ぬいぐるみも首を傾げる。そっくり返った右耳が、ふんわりと揺れた。

驚いていないわけないじゃん！　と優流は叫ぼうとしたが、声が出ない。それほど驚いている。

それに、ヒグマの方がパティシエと言われた方が意外だったな、と冷静なダメ出しをしていたりする自分もいた。

甘いおいしそうな香りのする部屋に入れられて、優流たち三人はあたりをキョロキョロ見回す。

ここがあこがれのコションのアトリエなのか……。

通されると割とすぐにさっきのショックから立ち直れた。興奮の方がずっと大きい。

アトリエは、お店やプロの厨房などを見たことがないので広いのか狭いのかわからないが、使いやすそうだった。調理台が広いのは当たり前だが、雑然としていながら、収まるところはきちんと決まっている感じだ。堅苦しくなく、居心地がよさそう。オープン、大きくていいなあ。

〈コション〉は、この山と森と湖に囲まれた町にある小さな洋菓子店だ。三人が高校生になった去年の春、地元の森の中にひっそりとオープンした。宣伝も何もしなかったが、甘いもの好きな地元の人や目ざとい観光客に愛されていた。

焼き菓子が中心の店で、ケーキはタルトやパイが中心。クッキーやマカロン、マドレーヌ、種類は少ないがパンもある。手作りのジャムも多数あり、毎朝ここのパンとジャムを食べないと気がすまない、という人たちもいる。

それは実は、優流の両親なのだが。

コションは優流の母が見つけてきた。観光客も多くやってくるこの町では、地元民の口コミはバカにできない。観光で行くにはちょっと不便な場所にあるその店は、主に地元民相手だ。はっきり言って山奥。車でないと行けないところだ。

たたずまいはまさに「森の洋菓子屋さん」という形容がふさわしい。黄緑色が印象的に使われた三角屋根のシンプルな外装がかわいらしい。ちょっとぼんやりしていると、一軒家だと思って、通りすぎてしまいそうだ。

内装は古い木を再利用した温かな雰囲気で、個包装されたたくさんの焼き菓子を子供が選んでいたりする様子は、まるで駄菓子屋のようだった。

洋菓子やパンに関しては舌が肥えているこの町の人の口コミにあっという間に乗ったコションは、少しずつファンを増やしていった。テレビや雑誌の取材の申し込みもあったらしいが、全部断っているらしい。

それだけでなく、コションは謎の多い店だった。一番の謎は、パティシエが姿を現さないことと、アトリエの場所だ。ただの甘いもの好きならあまり気にならないだろうが、優流たちにはある事情があり、その二つをどうしても知りたかった。

「それで？」

はっと顔を上げる。この声はヒグマっ。改めて聞いても怖い声だ。

ヒグマは隅の方でパイプ椅子に座っている三人の前に立ちはだかった。背後にチラチラぬいぐるみが見える。エプロンからしっぽが見え隠れする。結び目のある短いしっぽをついガン見してしまう。

「まずは名前だな。お前から言え」

優流をあごでしゃくる。

「はい、あの……河合(かわい)優流、です」

「高校生だな？」

「はい。二年生です」

「学校名は？」

優流が言った学校名に、ヒグマもぬいぐるみも驚く。

「嘘じゃないだろうな？」

「嘘じゃないです。俺たちもそうです」

ムッとした声をあげたのは融だった。

「……じゃあ、お前の名前は？」

「岸利融です。こいつらとは同級生です」

「最後のお前、こいつらの言ったとおりだろうな？　名前は？」

「森朔也です。はい。言ったとおりです」

最後に答えた朔也の声はため息まじりだった。

「なんでこんなことをしたのか、説明してもらおうか」

明るいところで見るヒグマはちゃんとした人間だったが、大きいことには変わりなかった。熊みたいにモジャモジャなわけではないが顔は無精ひげに覆われている（もしかして、おしゃれで？）。鋭い目や大きな口、がっしりした肩や腕など、見た目すべてが熊に結びつく。口に鮭をくわえていないのが不思議なくらいだ。白いコックコートで仁王立ちしている手には出刃包丁があるのでは、と思ってしまう。パティシエというより、危ない肉屋だ。チョコの染みが血に見える……。

「まあまあ、ソラくん、落ち着いて。お茶でも飲もうよ」

ぬいぐるみがいつの間にかマグカップをトレイに載せてやってきた。小さな手の先には身体より濃いピンク色の布が張ってあり、それがむにゅっとトレイの端をつかんでいる。お湯の入っていないカップでもその身体では充分重いはずなのだが、彼は平気な顔をしている。点目のままだけど。

それから、どうしてヒグマのようなコックコートを着ていないのかな、と思う。絶対に似合うのに。

「あああっ、俺がやりますっ」

ヒグマはあっという間にぬいぐるみに駆け寄って、トレイを取り上げた。何その低姿勢。

「座っててくださいっ」

しかも、紅茶のいれ方が超手慣れてて、素早い。

「悪いね、ソラくん」

ぬいぐるみは椅子をつたって作業台から籐の籠を降ろしてきた。

「君たち、何か食べる？　甘いものでいいなら」

「いいんですか⁉」

三人とも色めき立つが、ヒグマに人を殺せそうな目でにらまれる。

ぬいぐるみはあまり気にしていないのか、籠を差し出した。

「失敗したものばかりだけど、味はお店のと変わらないから――」

「ありがとうございます。いただきます！」

視線に怯えながらも、甘い香りには逆らえず、三人で好きな焼き菓子を取って、ひと口かじる。

優流はマカロンを手に取る。コション一番人気の「コションマカロン」。その名にはいくつも意味があると、今日改めてわかった。そのものズバリ「ぶた」（耳もちゃんとある顔を形取り、一つ一つ手で描かれた表情に味がある）。店の名前をつけているのはきっと自信の現れだ。そして、何よりこのパティシエに顔が似ている。

本人よりも若干濃いピンク色で、点目が流れてしまったマカロンをかじる。中の濃厚なクリームは塩キャラメル味。

さっくりした生地となめらかなクリームが口の中で合わさって、もうなくなってしまう。

ああ、いつもの味だ。

甘い焼き菓子がホロホロと砕けていくように、緊張感が少しだけほどける。

ぬっとマグカップが差し出される。バターの香りの中に紅茶の香りが割り込んできた。

「ソラくん、お茶ありがとう。どうぞ、飲んで。ティーバッグで悪いけどね」

そっけないマグカップからの香りに、ちょっと和むむ。

「あ、これ……俺も好きです。日本産の紅茶ですよね？」

融が香りをかいでそう言う。さすが。

「わかるの？　すごいね」

ぬいぐるみの驚く表情がわかる。黒い点目なのに。

「わ、わかります。俺も好きです。母親の実家がお茶問屋ですし」

融がつっかえながら言う。目がぬいぐるみに釘づけだ。

「あ、そうなんだー」

融はもっとぬいぐるみと話したそうだったが、またまたヒグマににらまれて黙る。

紅茶の暖かさと焼き菓子の甘みに、だいぶ気分が落ち着いてきた。

ぬいぐるみはマグカップに鼻を突っ込むようにして紅茶を飲んでいた。というか、鼻

で飲んでいるようにも見えたが、そうじゃないらしい。もしかして、鼻で温度を測ってる⁉

いやいや、ぬいぐるみが紅茶飲むわけないじゃん――と思ったら、クッキーをボリボリ食べだしてびっくり。鼻の奥というか喉の奥というか、とにかく口のあるあたりにクッキーをはさみこんで砕いている音がする。

そして、そのあたりにカップのふちをつけ、身体ごと傾けて紅茶を――。

「まったりしたところで話してもらおうじゃないか」

しまった、落ち着いてる場合じゃなかった。ヒグマの声がまた一段と低い。

「どうしてうちの店の車を尾行したんだ？」

「あの……どうしても、パティシエの方に、お会いしたくて」

優流がつっかえつっかえ言う。

「店長には言ったか？」

店長というのがパティシエの奥さんだというのは知っている。パティシエの奥さん……パティシエ……。

一瞬叫びそうになるが、朔也と融に肩を叩かれて我に返る。

「店長さんにもちゃんと言おうとしましたけど、お店にいない時が多くて、話ができませんでした」

冷静さが売りの朔也だけあって、うまく引き継いでくれる。

「それはいつの話だ？」

「四月の下旬くらいです」

「ゴールデンウィークの時はいただろ？」

「忙しすぎるみたいなので……邪魔したくなくて」

「……そんでこうなってるって？」

矛盾しているのは充分わかってる。

「あ、店長は先月から子供の学校のことで休みがちになってるんだっけ」

ぬいぐるみが突然そう言った。

「タイミングが合わなかったみたいだね」

続けて申し訳なさそうに言われると、朔也は「ヒョ？」みたいな声を出し、顔を真っ赤に染めた。

「こ、子供？」

融が三人を代表するようにつぶやく。

ぬいぐるみの子供――とてもかわいい響きだが、考えていると深みにはまりそうだ。何をもってかわいいのか、誰に似ているのか、ただ小さいだけなのか、それとも――。

「テラオカさん――もう一人、ベテランの人がいたと思うけど、その人に話を通せばよかったろうに」

ヒグマの声に、妄想から目覚める。店長よりも少し歳が上らしきテキパキした人には当然頼んだのだが、

「その人には、断られました」

融が続ける。

「それでも何度か頼みに行ったんです。そのたびに断られました」

「それであきらめたのか？」

「いいえ」

土下座せんばかりに三人で頼み続けた。

「でも、『考えてみる』って返事しかもらえなかったんです」

くやしかった気持ちに、やっと声が出た。

「テラオカさんにそこまで言わせたんなら、もうまもなく僕のところにも話は来ただろうけどね」

ぬいぐるみは鼻をぷにぷに押しながらそう言う。もうお茶は空っぽだった。お腹はふくれても濡れてもいない。

それを追究したくても、そんなどころではなかった。

「俺たち、時間ないんです！」

優流は叫ぶ。

「時間ないってどういうこと？」

「応募まで時間なくて――！」

「スイーツコンペまで――！」

「写真撮らないといけないのに――！」

思い余って、三人で一斉に話しだしてしまう。

「ちょっと待ってよ。一人ずつ話して」

黒ビーズをぱちくりさせたような顔をして、ぬいぐるみは言う。

「じゃ、代表してお前しゃべれ」

ヒグマが優流を指さす。

「わ、わかりました……」

まるで捕まって観念した犯人（ある意味尾行したから犯人？）のような気分で、優流は話しだした。

＊　＊

そもそもの発端は、今年の春のことだった。

二年生になっても同じクラスになった三人は、いつものように優流の部屋に集まってだべっていた。その時、朔也がふと思い出したように、

「昨日さあ、前に間違って録画したBSの番組をなんとなく見たんだよね」

と言った。

「ほんとは何録画しようとしてたの？」

ベッドに寝そべってマンガを読んでいた融が気のない様子でたずねる。

「わかんない。姉ちゃんのフォルダに入ってたし」

「フォルダ？　パソコン？」

「ううん、ハードディスクレコーダーの。時間的には映画かなあ。でも、間違ってたから消すのも忘れてそのままにしてたらしいんだよね。それで、間違ってそのフォルダ開けたら、番組タイトルが『全日本高校生スイーツ競技会――スイーツコンペ』ってなっててさ」

優流も融も同時に顔を上げた。

「そんなのあるんだ……」

自分の声が、なんだか遠くに聞こえる。

「うん、俺も知らなかったんだけどね。で、DVDに焼いてきたんだけど、見る？」

「見る見る！」

居間に降りて、DVDレコーダーにセットする。二時間ほどのその番組は、確かに高校生たち三人一組が自分たちのオリジナルケーキを作り、その味やデコレーションなどを競っていた。地区予選を勝ち抜いた全国大会を収録したものだったのだ。

味はもちろんわからないけれども、飾りつけのセンスや製菓のテクニックはプロに近い。見ているだけでもおいしそうだった。

審査員も有名ケーキ店の店主や洋菓子の研究家などプロばかりで、優勝賞品は海外の有名店や製菓学校などへの研修旅行だ。

自由な発想のオリジナルケーキを決められた時間内で作るのだが、練習どおりには行かず、様々なトラブルも起こる。下手なドラマよりもずっと緊迫感があった。

最初のうちは感心したり、意見を言ったり、単純に「おいしそう」などおしゃべりしながら見ていたが、制限時間の終わり頃にはひとこともしゃべらず、手に汗握りながら画面を見つめた。

「出たいな、これ……」

自然と優流は声を出していた。

「うん、俺も出たい」

融が言う。

「そう思って、お前らに見せようと思ったんだ」

朔也も言った。

その瞬間から、三人の挑戦が始まったのだ。

三人は高校からのつきあいだ。一年の時に同じクラスになり、仲良くなった。

背が高くがっしりした体格の優流、クールな秀才である朔也、二人よりは小柄なジャニーズ系の融という三人の共通点は、見た目ではわからない。知っているのはクラスメートたちくらいか。

三人は、甘いものが大好きなのだ。しかもただ好きなだけではなく、自分たちでも作る。小さい頃からずっと趣味で菓子を作ってきた男子だったのだ。

三人とも、中学までは周りに同じ趣味の男子はいなかった。はっきり言って、女子にもいなかった。お菓子作りが好きな子はいるにはいたが、彼らほど本格的ではなかったのだ。だから女子でも話はあまり合わず、一人で家で作って、家族や友だちに食べさせる、というのをくり返していた。

そんな似たような境遇の三人が偶然同じ進学校に進み、偶然同じクラスになった。しかし、すぐに仲良くなったわけではない。甘いもの好きなどおくびにも出さずに一ヶ月ほどたった頃、新しく開店した洋菓子店で偶然にも鉢合わせしたのだ。

それが〈コション〉だった。

元々優流の甘いもの好きは母からの影響だ。昔から彼女は地元の菓子店へのアンテナを常に張り巡らせ、口コミの範囲も広い。コションはまったく宣伝せず、ひっそりとオープンしたのだが、母にはしっかり情報が入っていた。

その母の口コミネットワークの中に、朔也の大学生の姉と融の祖父が入っていた。

コションの小さな店舗の中で身体を縮めるようにショーケースを見ていた優流に、最初に声をかけたのは、融だった。

「河合くん……だっけ？」

「あ！」

融は華やかな美少年なので、クラスどころか学校全体で目立っていた。優流でもすぐに気づいた。

「岸利だよな？」

「うん」

と言ったきり、話が続かない。優流は少し焦っていた。こういう場合、たいてい「母のおつかい」と言えば納得してくれるのだが、融のような顔ならこういう店に洋菓子を買いに来ても似合うな、などと思ってしまい、ちょっと恥ずかしくなったのだ。

「えーと……甘いもの、好きなの？」

いかにも世間話風に優流はたずねた。

「うん」

あっさりと融は言う。ここまでは割と普通だ。甘いものが好きな男子はけっこう多い。甘いものが嫌いな女子がけっこういるのと同じくらい。

「河合くんも？」

「うん」

「どのくらい？」

「えっ？」

そんなことを訊かれるとは思わなかった。

「どのくらいって……」

「どのくらい食べられる？」

「は？」

「このケースの全種類くらいいける？」

「え、どういうこと？」

「河合くんなら、食べられそうだなあって」

「いや、うーん……食べようと思えば食べられるかもしれないけど……」

いくらなんでもそんなにバカ食いはしないというより、できない。うちの女性陣の分を残しておかないと殺される。

でも、食べろと言われれば、正直うれしい。あとでどうなるかわからないけど。

「ほんとに？」

融の大きな目が、さらに大きくなった。

「じゃあ、これからうちに来ない？」

「えっ⁉」

「ケーキ全種類買うから」

「ちょっと待って！　そんなに買ったら、うちで買う分がなくなる！」

もう一つしかないものもあるというのに。

「え、河合くんちもたくさん買うの？」

「う、うん、母親と妹とばあちゃんに頼まれてるから」

「河合くんは？」

「え？」

「河合くんの分は？　どれ買うつもりだったの？」

「え、えーと……」

期間限定のさくらんぼタルトと店の名前にちなんだマカロンは、両方ともあと一つだった。いつも大切に味わうぶたの顔の形をしたマカロン。こんな味に仕上げるコツを知りたいと思いながら。

「マカロン、はどうしてもほしいって母親が言ってたから――」

「ちょっと待て」

後ろから肩を叩かれる。

振り向くと、学年一の秀才と噂されている朔也が立っていた。

「マカロンは俺もほしい」

「も、森くん？」

融の呼びかけに朔也は軽くうなずく。

「それに、こんなところで揉(も)めていたら他のお客さんの迷惑になるだろ？」

優流が入ってきた時にはできていなかった行列が外にできていた。店が狭いので、男子高校生三人でいっぱいになってしまうのだ。

「あ、それもそうだね……」

「マカロンとさくらんぼタルト買って、三人で食べない？」

融が突然言う。

「え、あの……」

「そうだな。他のはまだ余裕あるみたいだから」

朔也はそう答えると、

「コションマカロンとさくらんぼタルトください。タルトは三等分してもらってもいいですか？」

とさっさとオーダーしてしまう。店員さんは快諾して、三つに薄く切ってくれる。

二人がさっそく外へ出ていくので、優流もついていくしかない。

イートインスペースはないが、表にはベンチや椅子がなんとなく置いてあった。ここで食べてもいいということなんだろう。

「はい」

ベンチに座った融がマカロンを器用に割り、ナプキンの上にタルトと一緒に置いてくれる。ぶたの顔が――ちょっとかわいそう、と思ったけど、

「あ、ありがとう……」

食べないという選択肢はない。

とろりとろけるさくらんぼのジャムの甘酸っぱさとサクサクのマカロン……。母が悔しがるだろうが、仕方ない。自分で買いに来ないのが悪い。

「これ、日本産のさくらんぼだよね」

つい考えていることが口から出てしまった。気づいてから「どうしよう」と思う。

「い、いや、なんかそういう評判だなーって、母親から聞いて……」

「なんでわかったの？」

朔也の冷静なツッコミが怖い。

「いや、歯ざわりとか……」

母が、と言った意味なし！

「やっぱり違うよね。日本産のさくらんぼはプリッとしてて」

「プリッ……」

融の言い分はどうかと思うが、とにかく違うのだ。特に、

「甘さが違うんだよ」

言おうとしたことを朔也が答える。

「日本の果物は生食用に甘く改良されるばかりなので、こういう加工用の酸味の強い果物の生産が少なくなってるんだよ。コションでは、ちゃんと製菓用の日本産さくらんぼで作っているらしい」

スラスラと彼は言う。

「生で食べる分には佐藤錦とかおいしいけど、お菓子にするには向いてないいんだね」

融が言う。

「そういうこと」

「だから、日本産のさくらんぼタルトは、みんな食べたいって思うんだな」

朔也がぼそっと言う。

その時、店から店長らしき女性が出てきた。

「タルトもマカロンももうじき新しいのが届きますよ」

「ほんとですか!?」

融が目を輝かす。

「みなさん、お菓子好きなんですね？」

店長の女性は中年くらいの年齢に見えたが、とてもきれいな人だった。

「マカロンもかわいいですね」

朔也がそつなく返事をする。ぶたの顔を形どったピンク色のマカロン。他のマカロンはみんな丸いけれど、これだけは違う。そして、店の名前がついている。だから、この店の味はこれなのだろう。

「うちのパティシエに似ているんですよ、それ」

うふふ、と店長は笑った。

実はその時はまだ、「コション」がフランス語で「ぶた」を意味するとは知らなかった。あとで朔也に教えてもらったのだ。

＊　＊　＊

確かに似てる。目の前のぬいぐるみと、コションマカロン。

ということは、やはりこの……人が（人じゃないけど）パティシエ。さっき言われたけど。

「なかなかスイーツコンペの具体的な話にならねえな」

ヒグマはイライラしているようだが、ぬいぐるみは、

「うちの店に最初から来てくれてるんだねえ、ありがとう」

と喜んでいる。

「早く続き話せ。ぶたぶたさんの朝は早いんだ」

「は、はい」

ぶたぶたさん、という呼び名が大変気になるけれども、優流は話を続ける。

＊　＊

その日以来、三人は一緒にいるようになり、いつの間にか三人とも洋菓子に対して並々ならぬ情熱があることを知る。

優流は元々ものを作ることが好きな子供だった。プラモデルや工作など、男の子らしいものも好きだが、母の影響で始めた焼き菓子作りに一番ハマってしまったのだ。ケーキよりも、クッキーやタルト、パイなどをよく作る。パンを焼くのも好きだ。中学生に

なって体格がよくなってからは、パンこねが楽になり、いやなことがあると生地をバンバン叩いて憂さ晴らしをする。

朔也は根っから理系の子で、菓子作りも実験の一環として始めたらしい。夏休みの自由研究で姉に手伝ってもらっていろいろなフルーツのゼリーやムースを作って以来、あえて難しいレシピに挑戦するのが趣味になったらしい。

融は、祖父の影響と言うが、実は彼の母方の家は地元でも有名なお茶問屋なのだ。小さい頃から和菓子になじみがあったが、なぜか祖父から洋菓子作りの英才教育（？）を受け、気がついたら洋菓子好きな祖父のための似非（えせ）パティシエになっていた、という面白いいきさつがある。

「じいちゃんは紅茶も好きだから、それで作らされたんだよね」

「何で融が選ばれたんだ？」

他にも孫はたくさんいるらしい。

「いやー、わかんないけど」

でも、実際に三人で作ってみると、一番きっちりとしていて手際がいいのは融だった。菓子は材料の計量も大切だ。

「そういう真面目なところじゃないかな？」

「真面目ぇ？　それなら、朔也の方が上だろ？」

「まあ、レシピどおりに作るのが真面目って言うならそうだけど、オリジナルのレシピが作れる優流が俺としてはうらやましい」

「お前らもあるじゃん」

みんなレシピにも個性があるのだ。

「でも、一番発想が面白いのは優流のだよ」

朔也が言うと、融もうなずく。

「失敗も多いけど……」

母が寛大なので、許してもらっているようなものだ。それでもあまり盛大に失敗すると、こづかいから引かれる。

そんなわけで、スイーツコンペには優流のオリジナルレシピで勝負することになった。うまく乗せられた気がしないでもない。

ネットで募集要項を読み込む。

「えーと……アントルメに限る、か」

アントルメとはホールケーキ――切り分けられるケーキのことだ。

家族で食べる場合はホールケーキを作ることが多い。小さなものは家族（両親、妹二人、祖母）で完食するのにちょうどいいからだ。「食べ過ぎて困る」という理不尽な文句を妹たちから言われなくてすむし。

作るのは楽しいけれども、オリジナリティのあるレシピを考えなくてはならないというのはプレッシャーだった。もちろん朔也と融の意見も入るのだが、土台は優流が考えなくてはならない。

「なんで俺が……」

とボヤきながらも、なんだかワクワクしていた。

コンペのことを知ったのが春だったから、何しろ時間がなかった。

応募するための書類も多い。三人の名前や学校名、参加理由やチームについての紹介、作品への思い入れやエピソード、などなど――授業で書くレポートよりも量が多い。

三人とも文章を書くのが得意というわけではないので、持ち回りで苦労しながら書き上げる。でも、これでいいのか？　事務局に問い合わせしたりもした。親切に教えてくれたけど、どうも心許(こころもと)ない。

それより問題は、レシピだ。「詳細な」ってどれくらいが詳細なの？　それを文にするって、どうすりゃいいんだ……。

文についてはあとでもなんとかなりそうだが、とにかく応募するためには試作品を作らなくてはならない。完成品の写真を何枚か添える必要があるのだ。そして、やはり文章での説明も必要。

三人とも菓子作りの環境はそこそこ整っている方ではあったが、比べると優流の家が一番広く、使い勝手がよかった。さすが甘いもの好きな母親の好みが目一杯反映されたキッチンだ。

が、早々に壁にぶつかる。

どうも思うとおりにケーキが作れない。理想像はきっちり決まっているし、優流がイラストを描いて三人でイメージした。

だが、できあがったものとはどうしてもギャップがあるのだ。

家族は「これでいいんじゃないの？」みたいに言うが、コンペ自体のレベルが高く、妥協したものでは書類選考で落とされてしまうかもしれない。

食べてもらっての審査なら、と思うし、おいしさには自信はある。でも、それだけでいいのか、もっとおいしくなるのではないか、という気持ちもある。

そう考えて作っていると、小麦粉や卵やゼラチンの配分、ムースの色の出し方、甘さの調整、飾りつけのテクニックなど、知識の足りない部分が次々に露呈する。独力ではさすがに限界が来てしまった。

三人で相談した結果、家庭科の先生に話をすることにした。ついでに担任にも。

今まで学校に何も言っていなかったので先生たちに呆れられたが、予選が夏休みであることや家族の了承をとっていること、部活も特にやっていないこと（料理部は女子ばかりで敷居が高かったのだ）等で学業に支障がない限りはフォローしてくれることになった。

だが、学校の家庭科室を借りられたとしても、オーブンなどは優流の家とさほど変わらず、先生も製菓にはあまりくわしくないということがわかった。

さらにショックだったのは、家庭科の先生が調べてくれたスイーツコンペのデータだ。

「応募総数は去年で五百校千組を超えているそうよ」

千組！

「えーっ、そんなに大規模なものだったんですか！」

融が大きな目をますます丸くする。

「五年も続いているし、ＢＳとはいえ、テレビ中継が入るからねえ」

有名な厨房用品メーカーが主催し、後援には優勝したら招待される国の大使館も入っている。

なんとなくちゃっちゃと作って、わーって食べて——とか適当な想像では追いつかない大会ではないか！　いいかげんな作り方したら、国際問題になるんじゃやね!?

さらに先生が言うには、

「今までの優勝校って、製菓の専門があったり、部活として有名なところだったりするらしいよ」

製菓専門の先生がいたり、調理器具やオーブンや冷凍庫も本格的なものが揃っていたり——もちろん、材料費も学校持ちだ。

今のところ材料費は三人のこづかいと貯金、あとは家にあるもので賄っているが、試作品は何度もやり直さなくてはならないだろうし、その資金のためにバイトをするというのも本末転倒だ。成績が下がったらやめる、とみんな家族と約束しているし。

何よりも適切な指導者がいないというのが痛い。

「うーん、どうしよう……」

「他の応募校はそんな理由があったんだね……」

三人でため息をつく。何も知らなかった。

「どうする？　あきらめる？」

優流がつい弱気な発言をしてしまう。まだ応募したわけではないので、やめても全然かまわないのだが。

「うーん、でもせっかくやろうってみんなで盛り上がったんだし……やめちゃうのはもったいないっていうか、つまんないっていうか……」

融が言う。

「そうだよな……。どうせダメ元なんだから、やらないよりやった方がいいか」

言い出しっぺなので一番凹(へこ)んでいた朔也が少し笑った。

「ダメ元ついでにさあ」

優流がふと思いつく。

「何？」

「コションのパティシエに協力してもらえないかなあ」

朔也と融が顔を見合わす。

「どうせなら好きな店のパティシエに教えてもらいたいじゃん」

「そうか。そういう手があったか」

地元に素晴らしいお手本があったではないか！

「いいね。俺もコションのパティシエに会いたい！」

三人の意見は一致した。

コションができてからずっと通っているが、パティシエの姿は見たことがなかった。会ってみたい、とは単純に思っていたが、用事があるわけではないので、もっぱら「どんな人だろう？」と想像するくらいで終わっていた。

ちなみに、優流と融は長い指を持つ痩身の人、朔也は意外とがっしりしているけど優しそうな熊さんのような人と予想。

仕入れた情報は、

『男性であること』

『店長が奥さんであること』

『店長との年齢のつりあいから、中年男性であること』

　これくらいしかない。

「会わせてほしい」と頼みに行っても、店長にはタイミングが悪く会えなかったし、他の店員にはけんもほろろに追い返されたようなものだった。

　ならばアトリエへ訪ねていこう、ということになる。

　別の場所でお菓子を作っていることは店の外観から明らかなのだが、どこにあるのかこれも見当がつかない。日に何度か車で運ばれてくるようだ。大量ではないので、それほど離れてはいないらしい。

　自称情報通の母に訊いてみる。

「えー、どこで作ってるかなんて考えたこともなかったよ」

　優流もこういうことがなかったら気にしなかったかもしれない。というか、無理に割り出そうとは考えなかっただろう。

　わからないならわからないなりに楽しいものなのだが、割り出そうとすると、なんか意図的に隠していないか？　と思うようになってきた。

　なぜかというと、尾行を撒かれたからだ。

「アトリエの場所は、車のあとをついていけばいいだろ？」

と考え、三人で張り込みをし、菓子を並べて運ぶ店名入りケース（番重というらしい）を載せた車のあとをつけることにした。車もバイクの免許もないので、自転車で。

ところが、これがけっこう大変だった。山奥というのはわかったが、それだけだ。何しろ毎日違う道を通るのだ。現金輸送車かよっ、とツッコミたくなるくらい、毎日毎日違うルートなのだ。しかも、どうも尾行に気づいているらしく、わざと同じ道を何度も通ってみたり、いきなりスピードを上げて離れられたりと撒かれてしまう。

優流たちもしつこかったが、運転手の方が一枚上手のようだった。車を変えることまではしなかったが、さすがに自転車で、しかも山道を追いかけるのには限界があった。とはいえ、帰りに関してはそのように回り道をしたり、寄り道（買い物などをしているらしい）をしたりするが、店にはまっすぐ来るので、それを逆にたどるという方法で見つけようと思っていたところだった。どのくらい時間がかかるかわからないけれど。

だが、店に迷惑をかけたくない、という気持ちもあった。行きにもつきまとったら、お菓子が届くのが遅れてしまうことがあるかもしれない。それは三人の本意ではないのだ。

でも、あきらめることはできなかった。来年はもうコンペに出ることはできないだろう。今年だけのチャンスなのだ。

＊　＊

「なるほど、それで今日ってことになるんだね？」

ぬいぐるみはまた鼻をぷにぷに押しながら言う。

「え、なんでですか、ぶたぶたさん？」

「だって、今日から新しいバイトさんが来てたじゃない」

「あっ、そうか！」

「ユアサさんは慣れてたけど、新しい子にそこまでやってくれとは言えないよね」

「ていうか、ユアサさんがそこまでやってるなんて、俺知りませんでしたよ……」

「あの子、ああ見えて元走り屋さんだったんだって」

「ええーっ」

ぬいぐるみとヒグマの会話の中身がわからない。

「峠でやんちゃしてたんですか……？」

「細かいことは知らないけど、自分でそう言ってたよ。車が大好きなんだって」

「あのー……」

優流がたまりかねて口をはさむ。

「ユアサさんというのは……？」

「湯浅さんっていうのは、君たちを車で撒いていたパートさん。たいてい彼女がここから店までお菓子を運んでくれてたんだけど、お子さんができたんで辞めちゃったんだよ」

「女の人だったんですか⁉」

ハリウッドのカーアクションばりのドライビングテクニックだったような気がするがっ（自転車相手にそこまでではない気もする）。

「で、今日から新しいバイトさんに運転が変わったの」

「あ、そうか……。どうりでついてくのが楽だと思った」

融がつぶやく。

「ああ、今までの湯浅さんの苦労が水の泡に――」

ヒグマは嘆いているが、

「いや、湯浅さんにも危ないからやめてって言ってたんだけどね……」

とぬいぐるみは言う。なんだか困ったようなシワが目間に寄っている。

「確かに危ないとは思いました」

「黙れ！　みんながどんなに苦労してきたと思ってるんだ！」

「いや、あの、ソラくん？」

ヒグマはぬいぐるみの声が耳に入らないように嘆いている。それにしてもこの熊さんが「ソラくん」と呼ばれているのが気になる。かわいすぎるだろ。

「何だか悪かったね、時間ないのに……」

ぬいぐるみは申し訳なさそうに言った。

「いえ、こっちが勝手に考えたことですから……」

どっちにしろダメ元だったんだから、仕方ない。

「どうしてそこまでして僕を見つけようと思ったの？」

「コションのお菓子が好きなので――」

そこまで言うと、「もうそれがすべてだな」と優流は思い、言葉が出なくなった。

「俺たち、来年は受験だし、今年しかチャンスないと思ったし」

あとを引き取るように、朔也が言う。

「やっぱり一番おいしいと思うものを作ってる人にいろいろ教えてもらいたかったからです」

融の言葉には、実感がこもっていた。彼の祖父のつてで洋菓子職人を紹介してもらうこともできただろう。だが、それを選ばなかったのは、やっぱりこのぬいぐるみが作ったお菓子が一番好きだったからだ。

「そういうことなら、あの時、言ってくれたらよかったのに……」

「え？」

一番近くにいた優流には聞こえたが、朔也や融、そしてヒグマには聞こえなかったらしい。

「それってどういう……」

「応募の〆切はいつなの？」

「え……え!?」

朔也と融が叫ぶ。

「あの、六月の頭――」

「六月頭⁉　今日何日？」

「今日は五月十五日です」

「全然時間ないじゃない！」

「時間？　え、それってもしかして……」

「どういうお菓子を作るつもりなの？」

なんだか目間のシワが厳しい。

「あ、えーと！」

みんなで朔也のカバンの中を漁（あさ）り、ファイルを取り出す。

「こんな感じの――」

イラストを見せようとして、バラバラ紙を撒き散らす。

「あわてないあわてない。とりあえずじっくり話を聞こうか」

「ぶたぶたさん！」

ようやく我に返ったらしいヒグマが叫ぶ。

「まさか面倒見るつもりじゃないでしょうね⁉」

「せっかくここまでして来てくれたし、やる気がすごくあるから、できるだけのことはしてあげたくなったよ」

「そんな！　バレちゃいますよ、ぶたぶたさん！　せっかくここまで隠してきたのに――！」

「いや、それはもういいんだけど――」

「誰にも言いません、俺たち！」

「口堅いです！」

ぬいぐるみの声は、朔也と融の声に消される。

「ほら、優流、お前も約束しろ！」

「あ、はい、誰にも内緒にします」

と言ったはいいが、ぬいぐるみは困ったような顔をしたままだ。

「あの……ほんとに協力してくれるんですか？」

不安になってたずねてみる。

「うん。どれだけ力になれるかわからないけど」

充分だ。いや、何だか急に優勝もできそうな気がしてきた！

「ありがとうございます！　えーと――」

名前は？

「僕は山崎（やまざき）ぶたぶたといいます」

ぬいぐるみが自己紹介した。ぶたぶた――ぶたぶたさん。

森の中の小さな洋菓子店のパティシエとして、これだけお似合いの名前もないな、と優流は思った。

最初にやりたかったこと

入ったそうそう、失敗したらしい。しかも、自覚なしに。

バイトを始めて、まだ三日だ。

ここは、大学の先輩・湯浅元子からの紹介だ。話をもらった時、いろいろなことを言い聞かされたが、その中でも印象に残っていたのは、

「千里。車で移動中にあとをつけられたら、撒かなきゃダメだよ」

昨日まで一緒に車に乗って、アトリエまでの道順や迂回路などを教えてもらっていた。どうしてこんなに何通りもの道を憶えなくちゃならないのか、と質問したら、そう答えられたのだ。

印象には残ったが、本気にはしていなかった。だから、なんにもしていなかった。——らしい。というか、千里は全然気づいてなかった。

そのため、昨日の夜、男子高校生たちの自転車につけられて、まんまとアトリエまで案内してしまったのだ。安全運転を心がけていたが、高校生のチャリにつけられるとは。

「堀内！　お前は今までの湯浅さんの苦労を水の泡にして！」

パティシエの助手をしている新名空(にいなそら)に怒鳴られる。熊みたいな身体から轟(とどろ)く怒号。怖い。頭からガツガツ食べられそうだ。

だって冗談だと思ったんだもん。尾行とかそんなの、ほんとにあるとは思わなかったし、自分はただ好きな洋菓子店でバイトをしたかっただけなのだ。

「まあまあ、空くん、そんなに怒らないで」

「ぶたぶたさん！　だってぇー」

熊みたいなりをしているくせに「だってぇー」はないだろ、と言いたい。

今、千里は洋菓子店〈コション〉のアトリエ——いわゆる厨房にいた。自分の仕事は主に菓子の運搬や配達のための車の運転で、店にいる時は菓子をケースに並べたり片づけたり、あとは掃除などの雑用だ。

しかし、元子に言わせるとその運転がもっとも大切な仕事であるとのこと。

「何しろアトリエの場所は知られちゃいけないんだから！」

バイトの話を初めてもらった時、彼女はそう力説した。

「そうなんですか？」

コションは地元の密(ひそ)かな有名店で、千里も大ファンだ。繊細な味の焼き菓子、フルーツたっぷりのタルト、毎日食べても飽きないパンがお気に入り。元子から話が来た時はもう、余り物がもらえるというだけでバイト代なくてもいいと思った。

……それは嘘だ。貧乏学生なので、余り物はありがたいけれど。コションの菓子は、高くないけど安くもないので。

「アトリエを知られたら、どうなるんですか？」

場所など気にしたこともなかった。

「パティシエの正体がバレちゃうでしょ⁉」

「……バレたらヤバいんですか？」

「それはパティシエに会えばわかるよ」

そのとおり、会ったらわかった。

……ような気がした。

パティシエに会ったのは、バイト面接の日だ。ゴールデンウィークが終わってすぐ。元子に連れて来られたのは、山奥の一軒家というか、お屋敷だった。渋い煉瓦色の二階建てで、三角屋根と二階の丸窓が印象的だ。

ここら辺は別荘地でもあるので、豪華だったりおしゃれだったりする家は見慣れているが、いわゆる「お屋敷」あるいは「邸宅」と呼べるようなものはあまりない。

当然そういう家の周りもそこの土地だったりするので、「私有地につき立入禁止」などの立て札があったりするのだが、ここは特にそういうのはなかった。それだけ山奥で、何か観光的に見どころがあるわけでもないので、人が来ない場所なのだろう。道も砂利なので、普通は用事のある人以外入らない。来るのは邸宅マニアくらいだろう。この町に住んで約四年になる自分もこんな家のことは知らなかった。

「なんでこんなとこ来たんですか？」

「ここがコションのアトリエなんだよ」

「ええっ⁉　いいんですか、知られちゃダメなんでしょ⁉」

「何言ってんの、あんたそこでバイトするんでしょ？」

「でも、まだパティシエと面接してませんよ……」

「あたしの推薦があれば大丈夫だよ」

「元子先輩、そんなに偉いんですか？」

「偉いっていうか、ここは信頼でもっている店なのよ」

「はあ……」

ちょっとよくわからない。

「ボケてないで！　ここでそういうミス許されないから！」

ええー、パティシエの人、厳しいのかなー。

お屋敷は改装してあるようだった。玄関は端の方にちゃんとあるけれども、正面にガレージみたいな大きな引き戸がついている。そこを開けると、中は想像していた中身と違っていた。いきなりまたドアというか、普通のサッシのような入口があった。ここも開け放たれるようになっているが、家の中にまた建物があるみたいな構造だった。

「二階には、パティシエのご家族が住んでるの」

二階——どうなっているんだろう。見てみたい。

中の引き戸を開けると、けっこう広いアトリエスペースが現れた。真ん中に大きな作業台と物入れのスペース、壁の周りには様々な機械が置いてある。なんの機械だか、千里にはわからないが。

作業台に向かっていた一人の男性が振り向く。

「あ、湯浅さん」

「お疲れさまです～」

見上げるような背の高さ、がっしりした身体、鋭い目、ぎらりと光る大きな歯――こ、これが、コションのパティシエ？　あの繊細な味の創造主⁉

「ぶたぶたさんは？」

「あ、今倉庫にいます」

「そうなの？　じゃあ、そっちに行ってみる」

元子は千里を引っ張ってアトリエを通り、横のドアを開ける。棚がたくさん並んだ部屋だ。

「さっきの人は……？」

「あれは新名さん。パティシエ助手の人だよ」

あ、違うんだ……。ちょっとホッとする。

「ここは倉庫ね。冷蔵庫や冷凍庫も置いてあるよ」

通路は狭く、おまけに粉や箱などいろいろなものが雑多に置いてあるが、部屋自体はかなり広いようだ。冷蔵庫等も一つではなく、用途に応じたものが複数置かれていた。お菓子屋さんってこぢんまりできそうな気がしていた（根拠なし）が、本当はこんなにいろいろ材料や機械が必要なんだ……。

自分が知らなかっただけかもしれないが。

「ぶたぶたさ〜ん」

元子はさっきから何を言っているのか。やっぱり「ぶたぶた」という人を呼んでいるのだろうか。

はっ。でも「コション」ってフランス語で「ぶた」って意味だと聞いた。なるほど。「ぶたぶた」がパティシエの名前だとしたら、本名じゃなくてあだ名や通名として呼ばれている可能性がある。店の名前からして理にかなっているし。

「湯浅さん、こっち〜」

中年男性らしきくぐもった声が聞こえる。かなり奥にいるようだ。

「手伝いますよ」

「いいよ、すぐに出るから」

その声の方を向くと——何やら大きな紙包みがのろのろと動いている。どう見ても自力でこっちに向かってくる。

「ぶたぶたさん！　手伝います！」

元子が駆け寄り、紙包みを持ち上げると、その下からつぶれたぶたのぬいぐるみが現れた。ピンク色だが粉まみれで、紙包みの巨大さと比較すると大きさがよくわからない。よく見ると紙包みは小麦粉だった。二十キロと書いてある。なんでこれが、自力で動いてたの？

元子は小麦粉の袋を持ったまま叫ぶ。

「何やってんの、千里！　ぶたぶたさん起こしてあげて！」

「へ？」

元子があごで示す方に振り向くと、小さいエプロンをしたぬいぐるみが立ち上がり、身体をパンパン叩いていた。白い粉が舞い上がる。

「ああ、湯浅さん、悪いね。重いのに」

「何言ってんですか、ぶたぶたさん！」

ぬいぐるみの突き出た鼻がもくもく動き、元子もそのぬいぐるみに話しかけている。いったいどういうこと？

ぬいぐるみがひづめみたいな手でパタパタしながら、千里を見た。その黒ビーズの点目に、ちょっとビクッとしてしまう。

「湯浅さん、この人が新しいバイトさん？」

「そうです。堀内千里です。よろしくお願いします。ほらっ、千里」

反射的に立ち上がるが、視線が下すぎることに驚く。大きさ、さっきはつぶされていてよくわからなかったが、バレーボールくらい？

「あ、あの……」

これがつまり、パティシエってことは……コションのオーナーってことなんだよね？バイトの雇い主――ボス。あたしのボスってことだ。

「よ、よろしくお願いします、堀内です……」

としか言えず、とりあえずお辞儀をする。

「湯浅さんの代わりに運搬をやってもらうってことは承知してるよね？」

うわ、すごく普通の人間みたいなことを訊かれた。いや、これはもうバイトの面接なのか。

「あ、はい。車の運転ってことで――」

「朝の運搬が一番大量だけど、一日にけっこうな数、往復してもらうこともあります。無理せず安全運転で頼みますね」

「はい」

車の運転は好きだ。元子がどうして千里にこのバイトを振ってきたかというと、「車の運転がうまいから」だそう。

「うまくなきゃいけないんですか？」

「あたしは絶対にそう思う」

と言っていた。地元の子で車を持っているなら、たいていそれなりに運転はできるはず。

「あんたはあたしが知ってる中で一番運転がうまい」

確かに千里は一時期ゴーカートレースをかじったことがあり、マニュアル車の免許も持っているが、父親の仕事（車メーカー勤め）の都合でやったようなものなので、別にプロでもなんでもない。無事故無違反ではあるが。

ちなみに元子は、結婚して即妊娠がわかった（デキ婚ではないとのこと）ので、バイトを泣く泣く辞めることになったと言う。

「つわりがつらくて……よく眠れないから、危ないんで」

気持ち悪くて何も食べられない時でも、コションのマドレーヌだけは平気だという。

マドレーヌ——千里も愛してやまないマドレーヌ。地元のはちみつを使用したバターの香りたっぷりの焼き菓子を食べるのは至福の時間だ。いやなことはそれですべて忘れられる。

それを作っているのが、このパフパフな手（？）だというのか!?　叩くと黒板消しのように煙があがる小さなおててで！

「あっ！　もしかして、さっきの小麦粉の袋は、あなたが持ち上げてたんですか!?」

自力で動いていたわけではないのかっ!?

「そうだよ」

「わー、すごーい」

棒読みでそう言う。

「……大丈夫かな？」

首を傾げる仕草は反則！　声がおじさんなのに！

「これでわかったでしょ？」

元子が後ろでしたり顔で言う。

「はあ、わかりました」

とは言ったものの、さっぱりわからない。

でもそう答えておかないと、ヤバい気がしたのだ。妊婦にストレスを与えたくないし。

しかし、それが仇になってしまった。

そんな心構えだから、あとをつけてきた高校生のチャリに出し抜かれ、アトリエの場所を知られてしまったのだ……。

「あんた、わかったって言ったじゃない！」

さっそく元子から電話がかかってきた。誰が教えたのか……。

「すみません、先輩……」

失敗は失敗なので、素直に謝る。新名の地獄からみたいな声も怖かったが、元子の泣き声はもっとこたえた。彼女とお腹の赤ちゃんには本当に申し訳ない。

とにかく落ち着いてくれるように、アトリエの裏側でコソコソと電話していると、

「湯浅さんから？」

とぶたぶたが顔を出す。

「あ、は、はい」

あわてて答えると、

「ちょっと貸して」

と柔らかい手を出される。この携帯電話、あなたの身体の半分くらいあるんですけど!?

迷った末、その手の上に携帯電話を載せる。落ちそうっ、と思ったがそんなことはなく、ぎゅっとしっかりと握った。その手のシワがかわいい。

「もしもし？　湯浅さん？」

ぶたぶたは、少しそっくり返った右耳に携帯電話を当てて話しだした。

「うん、うん……そんなことないよ。堀内さんはよくやってくれてるし、気にしなくていいから」

彼の優しい声に、元子の声が落ち着いていくのがかすかにわかる。

「自分とお腹の子のことだけ考えてね。——うん。うん。——じゃあ、また会おうね」

切れた電話を差し出しながら、ぶたぶたは千里に向かって言う。

「堀内さんも気にしなくていいからね」

「でも……」

「もう隠さなくてもいいことなんだし」

「そうなんですか？」

「そうだよ」

なのになぜ、元子や新名はあんなに躍起になっているのだろう。まだ隠そうとしているみたいに。

それをたずねようとしたが、

「おーい、堀内、運ぶの手伝え！」

新名から呼ばれてしまう。

「ぶたぶたさん、失礼します！」

すでに千里もこう呼ぶようになっていた。いつの間にか。

「よろしくね。気をつけて運転してって」

点目に見送られながら、いつさっきの話の続きができるだろうか、と考えていた。

「ただいま帰りましたー」

そう声をかけて店の裏から入ると、店長であるぶたぶたの奥さんが、と笑顔で言ってくれる。でも、接客担当の寺岡美鈴は、振り返ってちょっと会釈しただけだった。例のことがわかるまでは、とても感じよかったのに。

「おかえりなさい」

朝、店長が美鈴にも話してくれて、

「気にしないでね。あなたのせいじゃないんだから」

と千里へもフォローしてくれたのに。

元子にしても新名にしても、そして美鈴にしても、千里とはだいぶ温度差がある。

さっきの話は、ぶたぶた本人だけじゃなく店長にも訊いてみよう、と思ったが、とてもそんな時間はない。休憩はちゃんと取れるが、奥さんは全然休んでいないし、仕事は山ほどある。車での移動も商品の運搬だけでなく、人の送り迎えや買い物などもある。手が足りなければ接客もする。とにかく「雑用」と名のつくものはなんでもやらなくてはならない。

一人としてヒマな人はいないくらい、この店は忙しいのだ。

その中でも、多分一番忙しいのがぶたぶただ。

仕事が終われば、もうクタクタだ。でも今日は別のバイトがないので、まっすぐ帰れる。

バイクで一人暮らしのワンルームにたどりつく。夕飯を作る気力がないので、冷凍のカレーを温めて食べて風呂に入った。

湯船の中で寝そうになる。ほっぺたをぴしゃぴしゃ叩いた。ぶたぶたも眠い時はこうやるんだろうか。痛くなさそうだから、効果なさそう……。

ぬいぐるみだから、寝なくてもいいのかも。それはそれでうらやましい。だから、あんなに働けるのかな？

切れ切れにしか見ていないが、アトリエでぶたぶたが休んでいるところを見たことがない。店のものだけでなく、注文されたケーキを搬入する日は、千里も朝早くから入らないといけないのだが、彼はもう働いている。本当に寝てないのかも。

昼間もひたすらお菓子を作り続ける。車で配達や搬入に行って、アトリエに帰ったらぶたぶたが同じ姿勢でいたので、目を疑ったことがある。作っているものが違ったので、幻ではない、とわかったのだが。

食事もちゃんととっているんだろうか。ぬいぐるみだから食べなくてよさそう——ではなく、お菓子は食べているから、食べられないはずはない。でもたまに、お弁当みたいなのを食べている時があるな。愛妻弁当？　ちょっとうらやましかった。

風呂から上がり、髪を乾かしていたら、元子からまた電話がかかってきた。

すっかり落ち着いていた彼女に、取り乱したことを謝られる。

そこで訊いてみた。

「どうしてぶたぶたさんのことを秘密にしてるんですか？」

確か彼女は開店当時からのスタッフだと聞いていたので。店長を除けば、新名と美鈴もそうだ。

「ぶたぶたさんは、あんなふうにとってもかわいいでしょう？」

それは否定しない。できない。

「かわいければそれだけ宣伝にはなるけど、それって味で人が来るわけじゃなくなっちゃうかもしれないでしょ？」

「まあ、そうですね」

みんなこぞって言いふらすことだろう。それは簡単に予想できる。たちまち繁盛しそう。

「開店する時、とにかくぶたぶたさんは味で勝負したいって言ってたの。だから、パティシエは姿を現さないって決めたんだよ」

そういうことだったのか。それならわかる。味よりも先に自分の姿が話題になるのがいやだったのだ。

「だから、あたしたちはみんなで協力して、ぶたぶたさんのことを秘密にしてきたの」

「あのアトリエっていうか、お屋敷は？」

「あそこはあの辺の大地主さんが大家さんで、店にはちみつも提供してくれてるの。ぶたぶたさんのご友人でもあるんだって。私有地だから地元の人はなおさら来ないし、店からの距離もちょうどいいからって、改装して使ってるの」

なるほど。地元の有力者も応援しているということか。

彼はひっそりとお菓子を作る暮らしを望んでいるらしい。確かに希望どおり、味に関しての評判は上々だ。パティシエ自身を目当てに来る客はいない。

それでも千里は、何かがひっかかるように思えてならなかった。

次の日、開店前にお菓子をケースに並べていると、店長が、

「手を止めなくていいから、聞いてもらえますか？」

と声がかかった。

「パティシエから、今度お菓子教室をやるという話が出ています」

一瞬、店内がしん、となった。

「前から要望があったので、小規模だけどやってみようってことになりました」

「どこでやるんですか？」

美鈴が、おそるおそるたずねた。

「アトリエです」

「えっ、どうしたんですか、ぶたぶたさん！」

美鈴は本当に驚いているようだ。

「前から考えてたんですって。本格的に始めるのはもう少し先になるそうですが」

店長が彼女を落ち着かせるように答える。

「お店の味が周辺のお客さまに定着したので、これ以上秘密にしなくてもいいと思ったようですよ」

その言葉に美鈴はショックを受けているように見えた。きっと新名も元子もそうだろう。

「それって、高校生のことがきっかけなんですか？」

美鈴が硬い声でたずねる。

「それは関係ないですよ」

店長はにっこり笑って言った。でも、美鈴の視線がこっそり千里の方へ向く。たくさん従業員のいるところだったら、いたたまれないだろう。幸いここは小さな店で、外にはお客さんも並んでいたので、なんとなくうやむやになってしまった。よかった。すぐに番重を戻す予定になってて。それでもモヤモヤした気持ちは消えないまま、車へ乗り込む。

運転している間にいろいろ考えてしまう。自分がもっと気をつけていればよかったんだろうか、とか、もっと真面目に元子が言うことを聞いていればよかった、とか。バイトをやめた方がいいのだろうか、とも考えてしまう。

でも、それはなるべく避けたかった。千里は大学進学について親と揉めて、学費を出してもらっていないのだ。奨学金はあるが、一人暮らしをせざるを得なかったから、生活は苦しい。バイトはいつも掛け持ちだ。コションの仕事は朝早いけれど、そのあとは割と自由だし、時給もいい。やめたくなかった。コションのお菓子が大好きという点でも。

そんなことを考えていたら、モヤモヤがもっと重くなってしまった。

アトリエへの私道に入ると、道脇に自転車が三台止まっていることに気づく。例の高校生だろうか？

番重を抱えて中へ入ると、エプロンに三角巾をつけた図体の大きな男子が三人、熱心にぶたぶたの話に耳を傾けていた。彼は椅子の上に立っていた。

そしてその向かい側では、新名がぶすっとした顔でエクレアを作っていた。

新名も大きいので、いつものアトリエと違って、空気が薄く感じられるほどの圧迫感がある。

「あ、堀内さん、お疲れさま」

「お疲れさまです……」

「ちょっと待っててもらえる？」

男子たちにそう言うと、ぶたぶたは作業台に向き直り、いつもの仕事を始めた。

「見ててね」

「はい」

三人は食い入るようにぶたぶたの手元を見つめている。薄いビニールに覆われたぶたぶたのひづめのような手先は、卵を割り、メレンゲを泡立て、ガナッシュを仕上げ、パイの生地をのばし、タルト生地を焼き、クリームで小さなバラを作る。いくつもの作業を同時に進めながら、一つ一つが芸術作品のようなケーキやタルト、そして小さな焼き菓子を仕上げていく。

それらを新名と千里がどんどん番重に詰めていくのを、高校生たちはじっと見つめていた。

こっちは大したことしていないので、見つめられるのは恥ずかしい。ぶたぶたは平気な顔（いや、点目だからわからないだけ？）をしているが。

でも、彼らの表情は本当に熱心で、しかもお菓子が大好きなことが丸わかりの顔をしていた。

彼らは高校生のためのスイーツコンペに出るため、指導をぶたぶたにお願いしたのだ。その気持ちはとてもよくわかる。お菓子作りが好きなら、自分の大好きなお菓子を作る人に教わりたいと思うのが自然だ。

「じゃあ、これを車に運んでもらえる？」

ぶたぶたが番重を指さして言うと、高校生たちは、

「はいっ」

とよいお返事をする。

「あ、いいですよ、あたしがやります――」

「いいから、堀内さん。丁寧に、揺らさないで運んでね」

心配で高校生たちについていく。新名も来た。

しかし、特に問題もなく、むしろ丁寧すぎるほど丁寧に運んだ彼らは、きっちりワゴンの後ろに並べて、固定もしてくれた。

「ありがとう」

「いえっ、こちらこそお邪魔しててすみません」

一番背の高い子が、恐縮したように言う。

「あの、えーと……」

メガネをかけた子が、口ごもりながら前に出てきた。

「何？」

「えーと、俺たち、他の人にも迷惑をかけているんじゃないかと思って……どうもすみません」

「すみません」と言いながら、他の二人も頭を下げる。

「そんな、迷惑なんてかけてないよ」

「え？」

少なくとも千里はそう思う。追いかけ回されて怖かったとかあれば迷惑だろうが、全然気づいてなかったんだし。強いて言えば元子には迷惑だったかもしれないが、彼女もあんまり危ないことはしないでほしかった、というのが千里の本音だ。多分、ぶたぶたもそう思っているのではないか。

「コンペの予選に出るんでしょ？」

「あ、はい」

「がんばってね」

スイーツコンペのことはよく知らないが、一度テレビで見た記憶がある。あれは本選の様子だろうが、やるのならあそこまで行ってほしい。

いいなあ、なんだかキラキラして。そんなに歳が離れているわけでもないのに、だいぶお姉さんになった気分だ。あたし、疲れてるのかなあ。

「ありがとうございます」

三人はちょっとホッとした顔をしたが、自分の立場を考えるとお礼を言われる筋合いはないんだよなあ、と思う。

「三人ともー、早く来てー」

アトリエからぶたぶたの声がする。三人はあわてて頭を下げ、戻っていった。

彼らの背中を見送って、さあ車に乗ろうかな、と思った時、

「おい」

「ひぃぃぃっ！」

変な声が出た。

後ろを振り向くと、新名がいた。

「そんなに驚かなくてもいいだろ」

怖い顔がさらに怖くなる。

「あ、いえ——ぼんやりしてて。はははは……」

すっかり忘れていたとは言えない。

「な、なんですか？」

また怒られるようなことしただろうか……。

「お前、あの高校生たちに腹が立たないのか？」

「え？」

「あの子たちのせいで、俺や湯浅さんに怒られたりしたし……店ではどうなのかな、と……」

少し言い淀んでいる。

「あー、でも、今朝はすぐに出てきちゃいましたから」

「今朝はそれでいいかもしれないけど、これから帰って、店のこともするんだろ？」

「そうですけど、今日は午前までなので」

元子はフルタイムだったけれども、千里は学生のバイトなので、その穴埋め（というか運搬）は主に新名なのだ。

はっ、それにムカついているのだろうか？　運転の腕を買われて入ったバイトだけどもうそれは無駄だから、学生じゃなくもっと長い時間できる人の方がいいと思った⁉

「すみません、今日は午後にどうしても出ないといけない授業があって！」

「いや、それはいいけどさ」

新名は困ったような顔になった。

「あの子たちがここを割り出さなきゃ、お前の立場が悪くならなかったのに、平気な顔してるなあ、と思ってさ」

「だって……それはしょうがないじゃないですか」

「過ぎたことはってこと？」

「いえ、彼らも必死だったんでしょ？　ぶたぶたさんに会いたくて」

新名は首を傾げる。

「それだけぶたぶたさんのお菓子がおいしいってことですよ。自分でもそういうお菓子を作りたいって思う人がいるって、なんだかうらやましくありません？」

有名になりたいとか人に尊敬されたいとか、想像もつかないし口に出すのもおこがましいので密かに思っている。一応やりたいことがあって勉強しているので、いずれは小さい世界の中でだけでもそうなりたいのだ。

努力をしている最中には、疲れたりやめたくなったりもする。そんな時に、やり始めたばかり――キラキラし始めたばかりの人を見るのはいい。成功している人はまぶしすぎると思うことがあるし。

新名はハッとしたような顔になる。

「そうか……」

そのあとはちょっと考えこんだようになり、

「あ、悪い。引き止めたな。気をつけて運転して」

と言って、アトリエへ戻っていった。

店に帰ると、少し美鈴の視線が冷たい気がしたが、忙しくてそんなに気にならなかった。

が、自分の中では何か思うところがあったのか、帰る時にたくさん焼き菓子を買った。主にマドレーヌだ。

授業が終わってから大学の自販機で牛乳を買って、中庭の芝生に座って食べた。多分これが、今日の昼食兼夕食になるだろう。

マドレーヌはプレーンとハニー。この二つが特に冷たい牛乳に合う。

最初は二つともそのまま味わう。プレーンは余計なものが何も入っていない。小麦粉と卵と砂糖とバターの味。ハニーにはそれに地元産のはちみつが加わる。ほんのり花の香りがすると思っているのだが、それは気のせいだろうか。

マドレーヌは他にも抹茶とかチョコとかオレンジとかあるのだが、それらは紅茶で食べたい。特にオレンジ。紅茶とオレンジで香りを引き立て合う。気がする。

紅茶に関しては、よく知らないのだ。でも、牛乳とシンプルなマドレーヌが合うというのだけは自信がある。

コションのマドレーヌのいいところは、安いマドレーヌじゃないとこの組み合わせはいまいち、と信じていたのを覆(くつがえ)されたことだ。長い間（といっても小学生の頃から）、少し硬めのマドレーヌでないと、口の中で冷たい牛乳によって崩されていく感覚が味わえないと思っていた。柔らかい上品なマドレーヌではその楽しみはない！　と高校生の頃は確信していたのに、コションはそのままの柔らかさとお口での溶け具合が絶妙なのに、牛乳でのほぐれ具合も抜群なのだ。

どっちにしろ下品な食べ方なんだろうな、とたまに思わなくもないが、今はただ無心にマドレーヌを飲むように食べる。牛乳、二つ買ったんだから！

半分ほど食べて、少し気分が落ち着いたか、と思った頃、メールが届いた。元子からだった。

『聞いたよ。ぶたぶたさん、お菓子教室やるんだって⁉』

あー、またその話かー、と思ったが、そのあとこう続いた。

『午後になってから、今度は「オリジナルケーキの注文も受ける」って言っていたんだって。

私も作ってもらったから、そういうのは確かにいいなって思った』

元子の結婚式には千里も出席したので、どんなケーキだったかよく憶えている。いちごやブルーベリー、ラズベリーにグズベリーなど、新婦の大好きなベリー類がたくさん山のように盛られた夢のようなケーキだった。中は何層ものムースがスポンジにはさまれていて、それぞれがちゃんと飾られているベリーの味がする。もちろん、その場で切り分けられて、おいしくいただいた。結婚式にはあまり出たことはないが、こんなにおいしいケーキを食べたのは初めてだった。

今コションで受け付けている結婚式や誕生日などのお祝いケーキは、あらかじめ決まったデザインのケーキに名前や飾りを描き加える程度だ。それらもとてもきれいだったり、洗練されていたり、かわいかったりするのだが、オリジナルとなると注文したお客さんとパティシエが打ち合わせをしなくてはならない。

それも解禁するのか。

それも、パティシエの正体（？）が知られてしまったからなのだろうか。


それから数日は、何事もなかった。

高校生たちとはたまに顔を合わせることはあったが、ほとんどは店の営業が終わったあとアトリエへやってきて、ぶたぶたの指導を受け、試作品作りをしているらしい。

その合間に、ぶたぶたは店に出す新作や季節ものを作っていた。オリジナルケーキやお菓子教室は、受付を始めたばかりだ。もうすでに問い合わせがたくさん来ているらしい。

今まではのんびりした森の洋菓子屋さんという感じだったのに、急に忙しくなってしまったようだった。果たしてそれは正解なんだろうか。

いろいろ考えてもなんだかまとまらなくて、それもまたモヤモヤするのだ。

あー、今日もマドレーヌをやけ食いしようかしら、でも、あんまり余裕ないなあ——と思いながら車を運転していると、歩道を歩くポツンとした女の子のシルエットが目に入った。

あの中学の制服と後ろ姿には見憶えがあった。

ゆっくりと通りすぎて、横顔を確認する。ぶたぶたの二人の娘のうちのお姉ちゃんだ。

すぐに止まって、車を降りる。彼女はマスクをしていた。

「どうしたの？　もしかして、具合が悪い？」

ケホケホと軽い咳をしてから、

「ちょっと熱っぽいんで、早退してきたんです……」

と彼女は言った。

「連絡すれば、迎えに行ったのに」

「そんな……仕事中に悪いです」

「とにかく乗って」

「大丈夫です」

なんで自分ちの店の車に乗るのを遠慮してるのかっ。

「インフルエンザだったら大変だから……」

「いいから乗って」

彼女を助手席に乗せて、Ｕターンする。

「無理しちゃダメだよ」

「すみません……」

「後ろで横になる方がいい？」

「前でいいです……」

ちょっとぐったりしていて顔も赤いが、息遣いはそんなに苦しそうではない。

「先にお医者さんに行った方がいいかな？」

「明日、具合が治らなかったら行きます……」

「早くうちに帰って休んだ方がいいか」

アトリエへ向かう私道に入って、こんな人気のない道で倒れたりしたら大変だったと思う。

「どうして連絡しなかったの？」

「こういう時、いつも迎えに来るのはお父さんだから……」

ふーん、と一瞬聞き流したが、

「お父さん!?」

ってことは、ぶたぶた!? 運転できるのか……。いや、車以外で——っていうのも無理だし。

もっとくわしく訊こうと思ったら、

「お父さん、今忙しいし……」

ああ、またモヤモヤが……。じわじわと千里の精神を苛む。

「やっとやりたかったことできるようになってきたから、邪魔したくないの」

「邪魔じゃないよー。家族が具合悪いんだもん」

当たり前のことだ。

「そうなんだけど、今は思いっきり仕事してほしいんです」

「どうして?」

「お父さん、お菓子屋さん開いて、みんなに食べてもらって、お誕生日とか結婚式とかにその人たちのためのケーキを作ってあげて、喜んでもらうのが夢だったから」

頭の中で、あの小さなぶたぶたが巨大なウェディングケーキのてっぺんで回っているのを想像してしまって、笑いそうになる。

しかしその周りでは、みんなが幸せそうにケーキを食べているのだ。

「そうだったんだ……」

　森の中で魔法使いみたいに秘密のお菓子を作っていれば満足ってわけじゃなかったんだな。

「そのためにも、まずは味をみんなにわかってほしかったんだね」

　自分に注目が集まらないように。

「うん……。でも、そんなこと意識しなくてもよかったかも、ってこないだ言ってました」

「そうなの？」

「だって、一日ほとんどアトリエにこもってるし……。お父さんを見かけても、パティシエって思う人、いないでしょ？」

「ああ……それは確かに。でも、匂いが染みついてるよ」

　ぶたぶたは、とてもおいしそうな香りがするのだ。本当にもう、食べちゃいたいくらい。

「それを不思議に思う人はいるかもしれないけど、やっぱり、パティシエって思わないですよ。ていうか、お菓子がおいしかったら、作ってる人のことなんて、みんなそんなに考えないと思う」

考えないこともないけど――考えたいのは「おいしい」と思えるお菓子のことの方が大きいかも。

「そうか……。お菓子がおいしかったら、作ってる人がぬいぐるみでも気にしない？」

「うーん……気にする人はいるかもしれないけど、ものすごい欠点じゃない気がします」

彼女は、とても賢い女の子だな、と千里は思った。

アトリエに戻るとぶたぶたは、

「ちゃんと電話しなさい」

とお姉ちゃんをちょっとだけ叱ったけれど、そのあとは二階の住居へ連れていって、寝かせたらしい。

「悪かったね、堀内さん」

「いえ、そんな」

以前やっていたバイトで、倒れていた人を病院に連れていって仕事に遅れたら、クビにされてしまったこともあった。それはそれでしょうがないと思う。代わりの利かない仕事ではなかったけれど、仕事は仕事だもん。

とはいえ、ぶたぶたはそれを問題にする気はないようで、ホッとする。

「これからお店に帰ります」

「ありがとう。あ、そうだ。堀内さんって、よくうちのマドレーヌを買って帰るんだって？」

「え、あ、そうです……」

パティシエ本人から言われると妙に恥ずかしいのはなぜだろう。

「うちので一番好きなのはやっぱりマドレーヌ？」

「パンも好きです。ラスクも」

「ああー、あれはすぐに売り切れちゃうらしいね」

ラスクとは——ただのラスクだ。売れ残りのパンをスライスして砂糖を混ぜたバターを塗って、オーブンで焼いただけの。おいしい上に、値段がものすごくお得なのだ。

「いろいろなパンのラスクがあって、面白いし」

黒パンのラスクとかすごくおいしい。

「余ったものでラスクにできるものは全部つくっちゃうからね。じゃあ、ラスクの方が好きかな？」

「いえ、一番はやっぱりマドレーヌです。他のケーキもタルトもおいしいけど、一つ選べって言われたら、やっぱり……」

「そうかー。何と一緒に食べるの？　紅茶？　コーヒーの方が合う？」

「冷たい牛乳です！」

つい断言してしまう。

「牛乳かあ。それはわかる。おいしいよね。あんパンよりも好きだな」

「そうですよね！　あんパンと牛乳が定番とか言うけど、あたしはやっぱりマドレーヌなんです！」

ぶたぶたと冷たい牛乳には何が合うか、で盛り上がってしまう。「カステラもいいよね」とか、「パウンドケーキじゃ違う」とか。

こういう話は今まであまりできなかったので、うれしかった。ぶたぶたが作ったものなんだし、「うちのマドレーヌにはやっぱりダージリンのファーストフラッシュで」とか言われたらどうしようかと思った。

「うちのお菓子を食べてくれてる人としゃべるのは、やっぱり楽しいよね」

その言葉を聞いて、ハッとする。

そうか……。ぶたぶたは、こういう話をもっとしたくて、表に出ることにしたんだな。

ぶたぶたとしゃべるのは面白いし、見ていてとてもかわいいのだが、お菓子の話をしている時が一番楽しいのだ。彼の作るお菓子はおいしくて、そしてそれを作ったのがこんな柔らかくて小さなぬいぐるみなんて信じられないけど、彼自身もそのお菓子が大好きなのだと感じられると、それなら作れるよなあ、とつい思ってしまう。

ぶたぶたが最初から自分を前面に出してお店を開いたら、と想像する。

多分、それでもお菓子のファンはちゃんとついたと思う。しかしそれ以上に、彼自身のファンもできただろう。

彼は真面目だから、お菓子もいっしょうけんめい作るだろうが、来てくれるお客さんとの交流も大事だと考えるだろう。そのお客さんが自分の作った菓子と自分自身、どちらのファンだかわからないまま、きっといつも優しく接するだろう。

そして、お客さんとの交流に時間が取られたり、距離感がわからないまま、知らずに疲弊がたまり、お菓子を作ることに集中できなくなってしまったかもしれない。

彼の見た目をみれば、それは当たり前に想像できることだが、ぶたぶた自身も自覚していての策だとすれば、過去に失敗などあったのかもしれない。何しろ妻子あるぬいぐるみだから、ぬいぐるみに過去があるとは、と思ってしまうが、何しろ妻子あるぬいぐるみだからなあ。歳は聞いたことないが、千里より上なのは確かなはず。声からしてそうだ。

でも、彼からすれば単なる営業戦略にすぎなかったことが、店の他のスタッフには違っていたら？

ぶたぶたがこの森の奥のアトリエで、魔法のようなお菓子を作っている秘密をみんなで守っていると思っていたとしたら？

あたしも、開店当時からあの店にいたら、その魔法にかかってしまっていたかも。

彼は多分、いつ自分を表に出すかのタイミングを計っていたのだろう。男子高校生たちが元子の車のあとをつける、というのはやりすぎだったかもしれないが、あれはきっかけとしては妥当なものだったんじゃないかな。

とは、全部千里の推測でしかないのだが。

真相が明らかになるとは思わないし、ただのバイト風情でズバリ訊くのはハードルが高い。

でもまあ、わからなくてもこの状況は、ぶたぶたにとって悪いわけではない、と考えられれば充分か。自分の罪悪感が多少薄れるだけなんだけど。

数日後。

「堀内さん。申し訳ないんだけど、アトリエに送ってもらえる？」

お客さんが比較的少ない時間帯になった頃、店長がそう言った。

「あ、はい」

「寺岡さん、お留守番よろしくお願いします」

「はーい。いってらっしゃい」

相変わらず美鈴とは気まずかったが、どうにもしようがないのでそのままだった。何か話しかけようとしている素振りはあるのだが、こっちもどう対応したらいいのか、戸惑いばかりが先に立つ。同年代ならまだ違ったかもしれない。が、彼女は千里の母と同じくらいの人だ。こっちにも何か構えがあるのかもしれない。

町はたくさんの観光客でにぎわっていた。

「千里ちゃんは、ここら辺でどこによく遊びに行くの？」

店長が訊いてくる。

「うーん……映画館に行くくらいですかね？」

レディースデーに。行ければ、だが。あ、映画館でバイトをすれば、映画もタダで見られるのかな……。

「大学の友だちともあまり遊べないです」

バイトばっかりだから、とは言わないでおいた。

「偉いねえ、千里ちゃん」

「なっ、偉くないですよ！」

首をぷるぷる振ってしまう。

なんかもう、いっぱいいっぱいなだけだ。偉い人はきっと、胸のモヤモヤをすぐになんとかできるはず。できない自分は偉いとか言われても、戸惑うだけだ。

それからまもなくアトリエに着くと、何やら裏庭が騒がしい。

「どうもありがとう。千里ちゃんもよかったら裏庭を見ていったら？」

店長はにっこり笑って、急ぎ足で家の中に入っていった。

今日は日曜日だが、何かイベントがあるのだろうか。

余談だが、裏庭というか、とにかくお屋敷の裏山みたいなところは、ちゃんと手入れすれば広いし緑も濃いので、ガーデンパーティーができそうな場所だ。たとえば結婚式ならば、料理は別の仕出しで、ウェディングケーキとデザートはコション担当。なかなかいいプランだと思う。料理や結婚式の進行を近隣のホテルにやってもらったり、花屋さんに会場装花を頼んだり――なんだかすごく楽しそう。

でもここは個人のお宅だし……何しろガーデンパーティーって天候がなあ、今日みたいな日だったら最高なんだけど、それに山だから虫が出るし――と思いながら裏庭をのぞいてみたら、

「お誕生日おめでとう！」

パンッ！　とクラッカーの音がした。

え？

「千里、おめでとう！」

元子の声だ。

「こっち来て、早く早く」

ぶたぶたの声もする。彼の柔らかい手が、千里の指をふにゅっとつかんで引っ張った。思ったよりもずっと力がある。

裏庭はちょっとした飾りつけがされていた。木から吊られたシェードの下には長テーブル。真っ白なクロスが敷かれ、サンドイッチやチキンやサラダが盛られた大皿、デザートや果物が並べられた銀のトレイがあった。そして、真ん中には大きな白い布に包まれたものが……。

テーブルを囲んでいるのは、元子の他に大学での友だち、バイト先の友だちや先輩などだった。

「やったー、サプライズ成功！」

元子が大声をあげて、ぶたぶたとハイタッチをする。いや、ハイになってないけど。

「千里！　あんたまさか、自分の誕生日忘れてたわけじゃないよね？」

「忘れてたわけじゃないけど……」

今日もバイトだなー、としか。誰にも何も言われなかったし。

「どうぞ、座って」

ぶたぶたに案内されて、お誕生席に座る。元子以外の友だちは、ぶたぶたを知らないはず。混乱した顔をしていて、なんだかおかしかった。

「はい、じゃあまずは乾杯ね」

いつの間にか店長もいた。その言葉を合図に、お給仕の高校生たちがグラスにしゅわしゅわした飲み物を注ぐ。すごくきれいなピンク色をしていた。

「ぶたぶたさん特製、スイカパンチです」

香りはまさにスイカ。飲むとほんのり甘く、かすかに塩気もあった。スイカの果肉も入ってる。夏らしくてとてもさわやかだ。

乾杯のあとはプレゼントをどっさりいただく。そんな……貧乏貧乏言ってばかりで、みんなには何もあげていないのに……。

ぶたぶたの娘たちにまでもらってしまって恐縮。お姉ちゃんはタオルハンカチ、下の子はシュールな似顔絵。

でも、最近失敗ばっかりだったし、自分の誕生日のことを考えたくないくらい疲れていたから、本当にうれしかった。

ここにはいない美鈴のプレゼントもあった。大きくて薄い夏用ストール。冷房避(よ)けやバイクに乗る時にいいかも。

カードも添えられていた。

『あなたのおかげで、みんなが最初にやりたかったことを思い出せました』

謎めいた言葉だったが、読んだ瞬間、ふっと胸のモヤモヤが消えた。

「で、ケーキなんだけど」

ぶたぶたが咳払いする。

やはりあの白い布がかけられたものはケーキなのだ。

「サプライズなんで、好みはあまり聞けなかったけど、マドレーヌが好きだって言ってたから、空くんと相談して、トライフルのスポンジをマドレーヌにしたよ」

ぶたぶたが「失礼」と言いながらトコトコテーブルの上を歩いて、白い布をはずす。

大きなクリスタルの器の中には、たっぷりとしたクリームと果物がふんわりと盛られ、器の脇には美しいグラデーションが見えた。

間違いなくできたてのものだ。手間のかかるものを、今まで作ってくれていたのだ。

器の載った皿の上には、ホワイトチョコレートのプレートがあり、そこには、「Happy Birthday」のメッセージと千里の名前が描いてあった。

「あ、ありがとう、ございます……」

言葉が詰まった。なんだか胸がいっぱいだ。

「もしやりたいのなら、もちろん大きい方でろうそく吹き消せるけど？　それとも、お皿に盛ったものでやる？」

ぶたぶたがささやくように言う。やっぱりろうそくは儀式としてやっておいた方が盛り上がる。でも、

「あの、お皿に盛ってください」

それを聞いたぶたぶたが、皿にマドレーヌをきれいに積み上げ、ミルククリームを雪のように盛りつけた。周りには色鮮やかな果物とオレンジ色のソース。

「ろうそくどうする？」

歳の数だけ立てたら、ぼうぼう燃えてしまうので、

「ゾロ目の二本で」

二十二歳の誕生日をこんなふうに祝ってもらえるとは。

二本の華奢(きゃしゃ)な赤いろうそくに火がつけられた。

「おめでとう」

サーブしてくれたのは、新名だった。笑っているので、いつもの怖さは半減だ。

「他のメニューは空くんが作ってくれたよ」

「あ、ありがとうございます」

新名は照れくさそうに顔をそむけた。

「ぶたぶたさんがうれしそうに考えてるのを見たら、やっぱこっちも手伝わなきゃって思うからな」

ろうそくを吹き消すと、拍手が起こる。

「食べて食べて！　どんな味？」

みんなぶたぶたの新作（？）が食べたくてしょうがないのだ。

ふわふわのクリームと一緒に、スポンジ——マドレーヌを口に入れる。お酒の香りが口に広がり、冷たくしてあるクリームにほろ苦さが交じる。

牛乳＋マドレーヌ、というおやつが、ものすごく上品になったような味だった。とろけた後味は似ていた。でも——。

「すごくおいしいです、ぶたぶたさん！　でも、別物！」

「何が別物？」と他の人たちはつぶやきながら、次々と味わい始める。新名が忙しく配っていた。

「そういう味の追究ってどうなんだろうって思ったけど――まだまだね」

ぶたぶたは決意を新たにしたような顔をしている。点目でも凛々しい。

「ほんとはラスクも焼きたてのパン使って、とか思ったんだけどね」

「ぶたぶたさん、それはもったいない！　っていうか、ラスクは一日置いたパンで作るからおいしいっていうか――」

うまく言えない。

「パンを余計に焼けなくてね」

「食パン焼いたからな」

新名が言う。あ、サンドイッチの食パン……。

「ありがとうございます」

もう一度、二人に言った。

「やっぱり、みんなが食べてるの見るって楽しいなあ」

ぶたぶたがケーキやサンドイッチにどんどん手を伸ばす女の子たちを見ながらうれしそうに言う。

「ずっとここでひたすらお菓子作ってて、それも楽しかったんだけど――食べてる人の

『おいしい』って言ってる顔を見るのが一番うれしいんだよね」

今この時こそ、お店を出した時にぶたぶたが望んだ風景だったのだ。

店のスタッフだって、ぶたぶたのお菓子をたくさんの人に食べてもらいたかったはず。きっと、それが美鈴が書いていた「最初にやりたかったこと」で、何よりもぶたぶた自身が喜んでほしかったはずなのだ。

千里の後ろにいた新名が、

「おいしいって直接言ってもらいたかったのか……」

とつぶやく。

それは彼だって、そしてあの高校生たちだって、同じなんだろう。

「帰りにはいろんな味のパン耳ラスクをサービスします」

コソッと耳打ちされたぶたぶたの言葉に、千里は身悶える。なんてすてきなバースデープレゼント！

メッセージ

婚約者である津本沙羽の様子がおかしい。

しかし、それに気づいたのは祥一自身ではない。沙羽から相談された姉の若菜だった。

ただ、それをそのまま伝えるほど姉は無神経ではない。無神経なのは自分の方だった。

姉は何度となく電話をかけてきて、

「沙羽ちゃんと結婚式についてどんな話をしたの？」

と訊いてきた。それに対して、

「みんな沙羽にまかせてるよ。主役は新婦だから」

といつも判を押したように答えていた。

「まあ、それはそうなんだけど……」

と姉が言葉を濁す。

「あんたにはどういう式にしたいとか、そういう希望はないの？」

「え……？　考えたことなかったけど」

結婚式がめんどくさいとまでは言わないが、楽しいとは思えない。新婚旅行は楽しみだが、プランはやはり沙羽にまかせていた。だって旅行先は彼女の希望に合わせたから。

「自分の行きたいところはあったの？」

「うーん……」

そう言われると特になかったかも。沙羽が楽しく行けるところならどこでもいいかな、と思ったような。

「新婚生活についての具体的な展望は？」

「何その質問」

「いいから答えなさいよ！」

「展望ね、展望……」

電話口からでも姉がイライラしている様子が伝わる。昔からせっかちなのだ。

「楽しく生活する」

「……ずいぶんと大ざっぱな展望ね」

「これに尽きると思うよ。新婚なんだから」

「まあ、正論っちゃ正論なんだけど」

姉はそう言ってため息をついた。なんでため息つかれなきゃならないのだ。

その時はそれで話は終わったので、それっきり忘れていた。

それからまた少しして、今度は姉に呼び出された。

仕事が忙しいので本当は断りたかったが、行かないと姉は怖い。

指定のファミレスに着いて待っていると、姉があたふたとやってくる。結婚して小学生二人の母親だから、いつも忙しそうだ。

「なんなの、話って」

「うーん……」

姉はそうなって、水を飲み干し、パフェを注文する。

「夕飯前なんじゃないの？」

よく甥っ子たちに言っていることを言ってやると、ギロリとにらまれる。

ミニサイズのパフェをパクパクたいらげても、話をする気配が見えない。コーヒーまで注文した。

「姉さん、俺はヒマじゃないんだよ」

「あたしだってヒマじゃないわよ！」

逆ギレ？　剣幕ではかなわないので、祥一は黙る。

「ああっもう、あたしだって迷ったのよ。だっておせっかいなんだもん」

独り言のように姉は言う。

「なんの話？」

「沙羽ちゃんのことよ」

「沙羽？　何かあったの？」

「あったといえばあったし、ないといえばない」

「何それ」

「あんたには言わないでって言われたんだけど……やっぱ言った方がいいと思って」

少し背筋がひやっとなった。

「沙羽ちゃんがマリッジブルー気味っていうのは気がついてる？」

マリッジブルーって……結婚に対して不安を感じているってこと？　沙羽が？　まさか……。

しかし、「気づいていない」と姉に言うのはなんとなくヤバいと思う。

「う、うん……」

「……気がついてないってバレバレな顔してるけど」

どうしてわかるんだろう。

「あんた、嘘つけないよね。そこがいいところでも悪いところでもあるよ」

姉が大きなため息をついた。意味がよくわからない。

「会ってないわけじゃないんでしょ？」

「あー、うん……。休みの日には」

「電話とかメールは」

「してるよ」

割とマメな方だと思うのだが。

「でも、気がつかなかったの？」

「うーん……いつもと変わらないと思ってたけど」

「沙羽ちゃんとしては、いつもと変わらないと思わせようとしてたんだろうけど、あんたはつまり、鈍感だってことよね」

「そうなのかな……」

「っていうか、昔からそう言われても、全然本気にしなかったでしょ、あんた」

「いや、そんなことは……」

ない、と言いたいけど、正直忘れている。

「自分の都合のいいことしか憶えてないのよね、昔っから」

姉がだんだんヒートアップしてきた。

「怒ってるの？」

「怒ってるっていうか——呆れてるんだよ」

「呆れられるようなこと、俺したの？」

「してないから呆れられてるの！」

え、ますます意味がわからない。

「沙羽ちゃん、けっこう深刻に悩んでるよ」

「……どういうこと？」

「あんたと結婚して、うまくやってけるのかって」

「……何それっ」

「逆に訊くけど、あんたにそういう気持ちはないの？」

「ないよ、ない！　全然、考えたこともなかった！」

「それよ、それ」

なぜか姉は頭を抱えた。

「あんた、何も考えてないのよ」

……ちょっと固まってしまった。

「そんなことないよ」

一応人間なので、考えていないってことはないと思うのだが。

「じゃあ訊くけどさ、結婚式っていうのはあんたと沙羽ちゃんのでしょ？」

「そうだよ」

「でも、あんた何もしてないって聞いたよ。それってほんと？」

「何もしてないわけじゃないよ」

……ん？

「式場選びも、ドレスの試着の時も、食事のメニューの打ち合わせにも行かなかったんだって？」

「式場選びにはちゃんとついていったよ」

最初の一回だけだけど。仕事の都合がつかなかったんだから、しょうがないではないか。

「ドレスは？」

「ドレスは、向こうのお母さんとか妹さんも見たいって言うから、俺は遠慮しておいた」

「え、どんなドレス選んだか見てないの？」

「見たよ。写メ送ってきたから」

「これでいい？」ってメールが来たから、「いいよ」って返事したのだ。かわいかったし。

「メニューの打ち合わせは？」

「それはまかせた。だって俺、料理作れないし、何もわからないよ。沙羽が食べたいものでいいと思って」

「新居選びは？」

「それはちゃんと選んだよ。契約も一緒にやったし。いくらなんでも住むところなんだから。リフォームは沙羽の好きにしてもらった。いろいろ訊かれたけど、台所の使い勝手なんてわからないし」

姉はまたため息をついた。

「……沙羽ちゃんはそれらモロモロあって、マリッジブルーになってるようだけど？」

それを聞くと、本当に腹の底が冷えるような感覚に陥る。

「結婚やめたいってこと？」

「そこまでじゃないだろうけど、迷ってるってことだよね」

「もうこんな時期なのにやめるなんてこと、できないだろ？」

できるはずない。

「まあ、大変だろうけど、お金とか心労を気にしなければできないわけじゃないよ。だって入籍してないんだし」

「そういえば、『先に入籍だけしようか？』って言ったら、『結婚式のあとがいい』って言われた」

「なんでそんなこと提案したの？」

「会社の先輩にすすめられたから」

「……自分で考えたんじゃないのね」

また呆れたような声だ。悪いことを言っただろうか？

「『入籍を先にしたら？』ってすすめられた時、どう思ったの？」

「『そんなものなのか』と」

「あんたはどっちがいいと思ったの？　結婚式前？　結婚式あと？」

「正直に言うと、どっちでもいい。沙羽がやりたい方でいいよ」

姉がまた頭を抱える。

「俺が何か答えるごとにそんな態度とるってどういうこと？」

「『言わないで』って言われたことを言っている自己嫌悪でもあるんだけど――」

姉はまだ逡巡しているようだったが、やがて言った。

「あんた、ほんとに何も考えてないでしょ！」

「そんなわけないだろ？」

「仕事とかはちゃんとできるよ。考えてるんだろうよ。でも、結婚とか生活については？」

「考えてるよ、ちゃんと」

失礼な。いくらなんでも自分の結婚なんだから。

「いや、考えてないね」

姉はなぜか断言する。

「だって、『わかんない』ばっかりで全部沙羽ちゃんに丸投げしてるじゃん」

「丸投げじゃないよ。結婚式の主役は新婦だから沙羽の思ったとおりにした方がいいと思って――」

「二人の意見を出し合いながら沙羽ちゃんの意見を主に尊重っていうのと、『好きにして』『どっちでもいい』って言ってまかせているのとじゃ違うのよ。これからずーっとその調子で生活していくのかって思ったら、そりゃブルーになるわ」

「だって、俺が意見を言ったら沙羽が流されるかもしれないじゃないか」

「流されないように気をつかえばいいでしょ？」

「だから気をつかってるんだよ」

「いや、あんたの気のつかい方はただの自己満足だよ」

なんだろう、この会話。まったく嚙み合っていない。しかもどうして自分の結婚式の話を、おせっかいな姉としなければならないんだ？

「もういい。沙羽と話するから」

と携帯電話を取り出す。

「話するのはいいけど、あたしが話したって言わないでよ」

「なんで？　言うから、絶対」

「なんのために悩んであんたに言ったと思ってんのよ！」

「そんなの知らないよ。自分で言ったんだから、しょうがないだろ」

わめく姉をほっといて、沙羽に電話をする。

「もしもし。祥一？」

「あ、沙羽。今、姉貴と一緒にいるんだけど」

電話の向こうに沈黙が流れた。

「なんかね、姉貴がいろいろ言ってて」

「……若菜さん、話しちゃったの？」

「そうなんだよ。まあ、沙羽のこと心配したからだと思うんだけど」

また沙羽は黙る。その沈黙になんとなく不安を覚える。

「若菜さんから聞いて、祥一はどう思ったの？」

「うーん、誤解というか、曲解してるし、沙羽とちゃんと話すからって電話したんだよ」

沙羽の沈黙は、長い。

「……どうした？」

「あなたは誤解って思ってるのね……」

「誤解だろ？」

沈黙の意味はなんだ？　「違う」と言いたいのだろうか。

「なんで黙ってるの？」

「……少し考えさせて」

そう言うと、プツンと電話は切れた。こんなふうに電話が終わることはなかったので、びっくりしてしまう。

呆然と電話を見つめていると、

「沙羽ちゃん、なんだって？」

「『少し考えさせて』だって」

姉はいきなり携帯電話にかじりついた。どうもメールを打っているらしい。

「ごめん、ごめん、沙羽ちゃん……」

と言いながら送信すると、すぐに返事が来たようだ。

「なんて来たの？」

のぞきこもうとした祥一に向かって、姉が画面を向ける。

『祥一さんに話したことはショックでしたが、結果的にはよかった気がします。ありがとうございました。二人で話し合います。その前に一人でよく考えます』

なんだろうか、これは……。言い知れぬ恐怖が襲ってきた。

自分も沙羽にメールを送る。

『ごめん。もう一度説明させてくれ』

とりあえず謝っておくが、

『一人でよく考えてから、連絡します』

というそっけない返事が来てから、電話にも出ないし、メールの返事もない。

「どういうこと……？　俺、何かしたの？」

「だから……何かしたからじゃなくて、何もしなかったからなんだって」

「でも、自分の意見のない奴がついていったところで役には立たないじゃん！」

「自分の意見ないんだ……」

「だって……なんかよくわからないから、考えるのめんどくさくて……」

「めんどくさい」は言ってはいけないかもしれない。

「あんたって昔っからそうだよね。自分の知らないわかんないことは『めんどくさい』ってやらないの」

そう言われればそのとおりだ。でも、今まで困ったことがないから、それでいいと思っていた。

「そのめんどくささを、女は『優しさ』と勘違いするんだよね。『なんでもあたしに合わせてくれるわ〜』って。いるいる、こういう男」

いやそうな顔で言うので、さすがの祥一も気分悪い。

「でも、そういう奴に沙羽を紹介してくれたのは、姉貴じゃないか」

「あんたの性格はわかってたけど、沙羽ちゃんみたいなしっかりした人だったら、うまく教育するかな、と思ったのよ。あるいは結婚ってなればしっかりするかと。一応弟なんだよ。期待だってかけたいじゃん！」

「……期待を裏切って悪かったね」

「バカね！　ふてくされてる場合じゃないよ。結婚ダメになるかもしれないじゃない！」

「大げさな。そんなことないよ」

と言ってはみたものの、なぜか背中のざわつきは止まらない。

次の日から沙羽と連絡が取れなくなってしまった。

メールは通じるが、返事は来ない。電話はつながらない。着信拒否ではなく、出てくれないだけみたいだが。

どういうことなんだ？

焦って姉に電話をする。

「少し考えるって本人が言ってるんだから、考えさせてあげなよ」

「その間、俺はどうしたらいいんだ？」

「待ってればいいんじゃない？」

「ええー……」

思わずため息が出る。

「黙って待っていると不安なので、メールは送ってるよ」

「どんなメール？」

「とにかく『ごめん』って」

「何に対して謝ってるの？」

「なんか、いろいろと……」

「わかってないっていうか、自分が悪いとは思ってないでしょ？」

本音をズバリと言われて、すぐに言葉が継げない。でも、実際にそうじゃないか？

ほんと、ただの誤解にすぎない気がするのだが。

「こっちはこっちなりに沙羽のことを考えたつもりなんだけど」

「それでかえって不安や不満を抱かせてるってことは、結局沙羽ちゃんの話を全然聞いてないってことなんだよ。沙羽ちゃんが話す気になったら、そういう点も含めて本音をさらけ出すことだね」

聞いてないわけじゃない——と反論したかったけれど、それで彼女からメールや電話が来るわけではない、と思って口をつぐむ。

沙羽がとにかく、夫となるはずの祥一が結婚式に積極的に関わらないことに腹を立てている、というのはわかった。主役が新婦であっても、一応二人の結婚式なわけだから、たとえ全部沙羽の好みにするにしても、口ぐらい出してほしい——ということか？

でもメールも電話もなければ、何も話せないではないか。

と、「入籍しろ」と言ってきた同僚に愚痴(ぐち)っていたら、

「じゃあ、思い切って積極的になるのがいいんじゃない?」

と言われた。

「地元においしいケーキ屋があって、そこがオリジナルケーキを作ってくれるってうちのカミさんが昨日騒いでた。『あたしの結婚式の時に作ってほしかった!』ってめちゃくちゃくやしがってたよ。おいしいらしい。そこにケーキ注文してみれば?」

「ふーん。あいつ、甘いもの好きだから、喜ぶかなあ」

祥一は反対に苦手なのだが。

「その店の名前は?」

「えーと、フランス語で『ぶた』って意味の店で――」

「だいたいの住所がわかれば、それで検索できるよ」

店の場所を教えてもらい、パソコンで検索すると、「コション」という店のサイトが出てきた。これのようだ。

確かに店のサイトには「オリジナルケーキ承ります」とある。

どんなものでもいいんだろうか。

会社帰りに電話をかけてみる。

「結婚式のケーキを頼みたいんですが——」

「はい。ありがとうございます！」

と、とても声の感じのいい女性が出たが、式の日取りを聞いたら、

「ちょっと……そのお日取りだと、申し訳ありませんがご用意できないかと……」

「間に合いませんか？」

「そうですね」

やっぱりあと一週間では無理か。

電話を切ってから、「あと一週間」という日にちを改めて考える。

「あと一週間」という状況なのに、婚約者から連絡を拒否されている。

不安になって、沙羽に電話をしたが、やっぱり出てくれない。メールは今日も何通か出しているが、返事は一向に来ない。

沙羽と結婚できなかったらどうしよう。

そんなこと考えもしなかったから、突然あわてた。どうして寸前になってこんなこと

になるんだろうか。夏休みの宿題を八月三十一日にやるような子ではなかったのに。この歳になってなぜ？

けど、沙羽はそんな男でもいいから結婚を承諾したんじゃないのか？

彼女は今、何を考えてるんだろう。

沙羽の家に行って謝った方がいいのか、と思ったが、手ぶらで行ったらただ追い返されるだけだろう。

何かみやげを——と考えて考えて……沙羽の好きなケーキ屋があった、というのは思い出せたが、店名が出ない。

仕方がないので、姉に電話した。そしたら何のことはない。今電話したばかりの、

「コションよ」

だった。

車のナビを使って苦労してたどりつくが、時遅く、もう閉店していた。真っ暗で、誰か残っている気配もない。

仕方ない、他のみやげでいいか……。

と思ったが、

「あっ、そうか、こういうところが――！」

と閃く。

何か別物で代用しようというのがいけないのではないだろうか。

結婚式の打ち合わせも、二人の式なんだから、本当は二人で行かなければいけない。それなのに彼女に代理を頼んだようなものだ。ドレスも、着るのは確かに沙羽だし、ドレスのことなど祥一にはわからないが、式を主催するのは二人なのだ。確認すべきことなのに、彼女の母と妹に行かせてしまった。

やはりそういうところは無責任ということになるのだろうか。最初からそう思っていればよかった。

今もせっかく沙羽の好きなケーキ屋を思い出したのに、別のところですまそうとしている。こういうあきらめやすいというか、「どっちでも同じだろ」みたいなところがいけないのかもしれない。

でもそうなると、今日は沙羽の家には行けない。

どうしたらいいんだろうか……。もう少し遅くまで開いている支店などはないだろうか――と携帯電話で検索すると、サイトにはもう一つ住所が記されていた。

「アトリエ……？」

支店だろうか。それとも、絵でも本当に描いているのか？

とりあえず、ここに行ってみよう。

来る途中で思い出したが、ここら辺は確か父の友人の音羽（おとわ）家の土地だったはずだ。貸し出しているのだろうか。あまり聞いたことはなかったが。

ここの道の奥に、大きな家があるはず。それがもしかして「アトリエ」？

家は記憶のままのようだった。ただ、外見は暗いのでよくわからない。家の中からは灯りが漏れている。

そして、甘い香りが周囲に漂っている。

正面の大きな引き戸の周りにチャイムがあるかと探したが、よくわからないので叩いてみた。

「こんばんは！」

しばらく待つと、中で何かが開くような音が聞こえた。

「どなたですか？」

中年男性の声が聞こえる。

「すみません、末吉（すえよし）と申します」

「末吉さん？」

「あの、ここはコションのアトリエですか？」

「はい、そうですが」

ここに来た理由を話した方がいいかな。

「お店に行ったんですが、もう閉まっていたので、ここにうかがいました」

「……はあ」

「ここは音羽さんから借りられているんですか？」

しばらくの沈黙ののち、中でまたゴトゴト音がして、やがて引き戸が開いた。

お、誰もいない。と思ったら、奥に子供というか、高校生くらいの少年が三人いた。

「音羽さんに何かありましたか？」

しかし声は足元から聞こえる。先ほどの中年男性の声。少年たちの声ではない。

「下です、下」

反射的に見下ろすと、足元にかわいいぶたのぬいぐるみが。

「どのようなご用件ですか？」

ピンク色でバレーボール大くらいのぬいぐるみの鼻がもくもくと動いた。

「しゃべってます？」

そうたずねると、ぬいぐるみの目と目の間にシワが寄った。まるで困っているみたいに。

「ええ、しゃべってます」

「夢か……」

夢の中で夢とわかる夢のことを「明晰夢（めいせきむ）」という。それだろうか。

「……明晰夢ではないですけど」

む、考えていることを読まれた？

「考えていることを読んでいるわけでもありませんよ」

「読んでますよね？」

「いいえ、あなたの顔に書いてあるだけです」

「そんなにわかりやすいですか」

「普段はわかりませんが、今に限っては」

ぬいぐるみにまで読まれるとは、自分はなんとわかりやすいのだろう。祥一自身は人の顔をまったく読めないが。

「それで、末吉さんでしたっけ？　音羽さんに何かありましたか？」

「いえ、音羽さんは父の友人で、小さい頃、この家にもお邪魔させてもらっただけです。用事があるのはコションです」

祥一はじっとぬいぐるみを見つめた。エプロンをしているが、身体は粉だらけ、顔にはチョコレートらしき染みができていた。

いかにもケーキ屋のぬいぐるみという感じだったが、人間ではない。

「コションの人はどなたですか？」

「わたしです」

足元から声がした。

「やっぱりあなたなんですか？」

「はい。パティシエの山崎ぶたぶたと申します」

パティシエ――聞いたことがある。菓子職人のことだ。この小さなぬいぐるみが？

「やっぱり夢だろうな」

「違いますよ！」

奥から少年の声が聞こえた。けっこう野太い。背の高い子だ。

「ぶたぶたさんは本当にすごいパティシエなんです！」

こういう状況も含めて夢かな、と思うが、明晰夢の場合、自分で思うとおりにできるらしいから——いや、昔見た夢で、こんなふうに「夢だ」と思っても、自分にはなんの権利もなかったことを思い出した。

明晰夢じゃないだけのただの夢？

「夢じゃないですよ」

メガネをかけた知的な雰囲気の少年が言う。また見抜かれてしまった。ぬいぐるみだけでなく子供にまで。ちょっとショックだ。

「でも、どうしてここの住所がわかったんですか？」

背の高い少年がたずねる。

「サイトに書いてありました」

「サイト⁉　そんなのいつの間に作ったんですか、ぶたぶたさん⁉」

なぜそんなに驚いているんだろう。今時は普通のことではないか。ない方が不思議だ。

「できたばっかりだよ。お姉ちゃんに頼んで、とりあえずのものだけど」

「けっこうきれいなページでしたね」

「ねー、中学生にしてはなかなか器用でしょう？」

なぜか自慢げなぶたぶただが、少年たちはまだ呆然とした感じだ。中学生が作ったのにびっくりしているのだろうか。

「まあ、とにかくちょっと入って、お座りください」

「あっ、俺、お茶いれます！」

比較的小柄（いや、ぬいぐるみに比べれば圧倒的に大きい）な少年がいち早く我に返ったらしく、素早くコンロに向かって支度をし始めた。

祥一はぶたぶたにすすめられた椅子に座る。ほどなくしてお茶が出てきた。

「どうぞ」

少年が差し出したお茶は、意外なことに緑茶だった。ケーキ屋なのに？　でもいれたのは少年だ。

それにしてもいい香りがする。しかも、そんなに熱くない。え、今いれたばかりなのに。わざとぬるくしてあるのか？

一口飲んで、その味に驚く。お茶なのに、はっきりとしたうまみがある。香りも爽快で、胸から胃までスッと落ち着くようだった。

「え、これは何？」

「普通の緑茶です」

なぜか目の前（というか下。スツールようなものに座っている）で、ぶたぶたも飲んでいる。

「あー、岸利くんのお茶は最高だね。とてもこんなにうまくいれられないよ」

「恐れ入ります」

少年がすまして答える。

これが普通の緑茶だったら、今まで飲んでいたものはなんだったのだ？

「で、ご用件は何でしょう？」

「あ、えーと……何かケーキが欲しいんですけど」

ぶたぶたという名のぬいぐるみの目間にまたシワが寄った。

「ここはアトリエ——厨房なので、販売はしていないんですが」

「そうなんですか？　こんなにいい匂いがするのに？」

「これは彼らと一緒に作っていたお菓子の匂いで、売り物を作っていたわけではないんです」

「そうですか……」

それはとても残念だ。

「あなたが食べるものですか？」

「いいえ、婚約者にあげようと思っていたんです。謝るためのおみやげに。彼女はここのケーキが好きだと前に言っていたので」

「そうですか。それはありがとうございます」

ぶたぶたは身体を二つ折りにした。あ、お辞儀か。右耳にちょっとクセがついているのに気づく。

「謝るためって、それは大変ですね」

「はあ。でも、何が悪いのか今ひとつわからないんです」

「……それは、謝っても逆効果ではないでしょうかね」

「えっ!?」

ショックなことを言われる。

「どうしてですか？」

「どうしてと言われても……細かいことはわかりませんが、何が悪いかわかっていないのに謝られても、困るというか、もっと怒るというか……」

姉と同じようなことを言う。

「でも、僕は別に悪いこととは思えないんですが……」

ぶたぶたは、ぎゅっと腕を組んだ。そこここにシワができて、全身で困っているように見える。

「それは、一方だけの話では判断できませんよね」

「婚約者の話も聞かないと、ということですか？」

「そうですけど、部外者が口をはさむことでもないです」

そうか……。問題は自分と沙羽、二人だけのものなんだ。

「じゃあやっぱり、なんとしても二人で話し合うしかないですね」

「そうなりますかねえ……」

「どうしたらいいでしょう？」

「うーん……」

　ぶたぶたの身体に、さらにシワが寄る。

「ほんとはここで、ウェディングケーキを作ってもらおうと思ってたんです」

「あ、そうなんですか？」

「でも、あと一週間じゃダメって言われて……」

「ま、まあそうですね」

「ほんとにダメなんですか？」

「そうですね……。他の注文をぶっ飛ばして完徹を何日かすれば？」

　かわいらしく首を傾げてぶたぶたは言ったが、

「僕も手伝いますから、できませんか？」

　そう祥一が言うと、黒ビーズの目が見開く。黒目しかないが。

「沙羽はここのケーキが大好きなんです。お願いします」

　なんだったら、土下座してもいい！

「うーんと……じゃあ婚約者さんは、特にどのケーキがお好きなんでしょうかね？」

「は？」

そう問われると──答えられない。

「えーと……普通のケーキが好きみたいでしたけど。いちごとか載ってる」

「いちごのケーキもタルトもたくさん種類あるんですが」

「そうなんですか……！」

「あなたはコションのケーキ、食べましたか？」

「いや……でも、多分、食べたと思います。おみやげで持ってきてくれたりしたから、きっとここのだと……」

「うーん、婚約者さんの好みがわからないのでは、彼女のためのケーキはなかなか作れないんじゃないでしょうか？」

「いや、でもきっと、あなたの作るものならなんでも喜ぶと思うんです。お願いします。手伝いますから……」

今こそ土下座だ、と思った時、

「ウェディングケーキをお嫁さんの好み聞かないで作るなんて怖い」

とつぶやくメガネの少年。

「多分、一生恨まれるよ」

お茶をいれた少年も。

それを聞いて、ああ、またやってしまった、と思う。自分でやるべきところを、このぬいぐるみパティシエに押しつけようとしたのだ。

「これこれ。大人には事情がいろいろあるの」

「はいはーい」

……でもそれでは、どうしたらいいのだろうか――と彼らにたずねても、わかりはしない。これは沙羽と祥一、二人の問題なのだから。

「どっちにしてももうすぐ六月なので、まったくスケジュールに余裕はないんです」

ぶたぶたが穏やかに言う。

「どういうことですか？」

「ジューンブライドですからね。六月に結婚される方、多いんです。あなたのところもあと一週間ってことはそうですよね？」

ああ、そうか……。日取りにも、ちゃんとこだわりがあったのだ。

「あのー……」

少年の中で、一番身体の大きい子が近寄ってきて、こう言った。

「メッセージクッキーを使ったらどうでしょう？」

「え、何に？」

「ウェディングケーキの代わりとしては小さいですけど」

「え？　でももうここにクッキーはないよ。新しいの焼く？」

ぶたぶたが言う。

「いえ、さっき作ったのの形悪い奴をいただいたんで、それでどうかなって……ちょっと大きいってだけなんで」

彼が出してくれたのは、せんべいくらいの大きさのクッキーだった。メッセージを描くには充分なスペースだ。

「これに彼女に対してのメッセージを書いて、渡したらどうでしょう」

でも、何を書いたらいいのか。

三人の少年がもらったクッキーを出し、ぶたぶたは冷蔵庫から何やら色とりどりの袋状のものを取り出した。

「せっかくだから、アイシングの練習しようか」

「はい！」

三人ともいい返事だ。

アイシングというのは、卵白と砂糖で作ったお菓子用のカラーペン？　みたいなものらしい。絞り袋に入っていて難しそう。

「末吉さんはこれでまず練習して」

欠けたり形が崩れているクッキーでアイシングの出し方を少し練習する。

少年たちは手慣れた様子でクッキーに色をつけている。ハートや星や花やうさぎ——少年にしては、ずいぶんとかわいらしい柄ではないか。しかもとてもきれいだ。

だが、ぶたぶたはもっとすごかった。スラスラと細かいレース模様を描いているではないか！　あのふにゅふにゅな手先で！　何か仕掛けでもあるのか？

「すごいな、ぶたぶたさん」

少年たちはぽーっとした目でぶたぶたを見ている。何も見逃さないように、じっと目を凝らしている。

本当に尊敬しているんだな。

尊敬か……。沙羽の話を全然聞いていない、と姉に指摘された時は腹が立ったが、それってつまり、彼女のことを軽んじていたってことだ。自分なりに彼女を愛しているつもりだが、尊敬のない愛って夫婦としてはいけないんじゃないだろうか。

沙羽以外の女性と結婚したいとは思わないのに。

「どんなメッセージにするか、決めましたか？」

ぶたぶたがたずねる。

「ええ、だいたい」

ほとんど一発勝負だったが、なんとかうまくいった。

クッキーには、こう描かれていた。

『どうしたら沙羽が尊敬してくれるような夫になれますか？』

卑屈すぎるか、と思ったがまぎれもない本心だし、描いてしまったものはしょうがない。でも……。

「もうこんな時間だ……」

もう午後十一時近かった。訪ねるには非常識な時間だ。

「クッキーを写真に撮って、メールで送ってみたらどうでしょう？」

またも少年のアイデアに乗っかることにした。こういう点も反省だ。

沙羽の携帯電話にメールを送ってもすぐに返信はなかったけれど、自分としては満足だった。

メッセージを記したクッキーは、ぶたぶたと少年たちが作ったアイシングクッキーとともにきれいにラッピングされ、あとで沙羽にプレゼントすることにした。渡せるといいのだが。

甘い匂いと美しいアイシングの中、魔法のような時間を過ごしたと思ったが、そのあとぶたぶたは、少年たちの自転車をトラック（！）の荷台に乗せて、彼らを送っていった。たくましすぎる。

いや、これこそ魔法か。ぬいぐるみがトラックを運転するなんて。

やはり夢だったのか、と思ったりもしたが、家に着く直前、沙羽からメールが来た。

『これは何⁉』

心底驚いたのだろう。思わず噴き出す。

『本当はウェディングケーキを作ってあげたかったけど、これしかできなかった。「尊敬」が難しかった』

と返信した。異様に大きくなってしまったのだ。

『ありがとう。祥一の気持ち、よくわかった。式まであと一週間だから、二人でたくさん話をしましょう』

沙羽から、すぐに返事が来た。

『ありがとう。明日会いに行ってもいいかな』

『待ってます』

なんとなくだけど、何に謝ればいいのかわかりかけてきた。でも今日は「ありがとう」とだけ言っておこう。

結婚式当日になってわかったことだが、沙羽はコションにウェディングケーキを頼んでいた。

タワーのようなケーキを彩る数々のマカロンの一つが、ぶたの顔形になっていたのだ。ピンク色の中の黒い点目が、作ったぶたぶたにそっくりだった。

「これ、コションに頼んだんだね」

そう沙羽に言うと、彼女はパッと顔を輝かせた。

「そうだよ。よかった。気づいてくれたんだ」

——今までもこうやって、彼女は気づいてほしいことを示してきたのだろう。それを鈍感な祥一が全部スルーしていたから、不安になってしまった。

これからは、ちゃんと気づけるようにする、と言おうとしたら——。

「でも、これからはあたしもちゃんと言葉にするよ」

沙羽に先に言われてしまった。

「わかってもらいたいなら、自分から言わないとね」

「うん。俺は鈍感だから、どんどん言って」

「うん。今日からよろしくお願いします」

「よろしくお願いします」

二人でそんなことを話しながら、ケーキをお客さんに配った。

「おめでとう」

と言われるたびに、

「ありがとう」

と言った。

「ごめん」と言うより、「ありがとう」の方がずっといい。明日からも二人で、「ありがとう」をたくさん言い合える生活がしたい。
姉にたずねられた「新婚生活についての展望」の答えが、やっと出た。

帰ってきた夏

「秘密のお菓子教室に来てみない？」

幼なじみの木内穂乃実から、突然電話がかかってきた。

「ずっと誘おう誘おうと思ってたんだけど」

遠慮がちな声だった。わかる気がする。

東京から実家のあるこの町に帰ってきてから、三上倫子は何度もこんな声を聞いた気がしていた。

腫れ物に触るよう、とはまさにこのこと、と思ったものだ。

東京の大学に進み、大手企業に就職をしたが、そこで働き過ぎて、身も心もボロボロになって故郷に帰ってきた。

穂乃実は幼稚園から中学まで同じクラスの幼なじみだ。性格も体型も全然違うけれど行きも帰りもなんでも一緒、という子供時代を過ごした。

倫子が県立の進学女子高に進んでからは生活がまったく変わってしまい、たまにばったり会って話す程度になってしまったが、穂乃実はよくメールをくれた。小さい頃から手紙が大好きな子だったのだ。

大学時代まではそれに返事をちゃんと出していたが、就職してからは時間がなくてつい後回しになり、たまにしか返せなかった。それが申し訳なくて余計に連絡できず――というのをくり返していた。

それでも、穂乃実はマメにメールやハガキをくれた。彼女の結婚式はなんとか時間を作って参列し、お祝いを贈ったらとても喜んでくれた。出産祝いや子供の誕生日など、定期的に贈り物をすると、丁寧にお返しが届き、倫子の誕生日やクリスマスなどにプレゼントが届いた。

東京での忙しい毎日の中で、穂乃実のメールやプレゼントを見て過ごす時間だけ、ゆっくりとしていたように思う。朝から晩まで、何が面白くて一日中遊んでいたのかわからなかった日々が永遠に続くと思っていた子供の頃がほんの少し見える時間。

去年倫子は、身体を壊して会社を辞めた。単純な働き過ぎならまだよかったが、実際は社内のいじめだ。

異例の出世をした倫子を僻む者が同期に何人かおり、彼ら主導で巧みで陰湿ないじめが行われていたのだ。倫子はそれに気づいていたので、負けないで戦った。子供じみたいやがらせにも大人の対応をし、決して弱音を吐かず、付け入る隙を与えなかった。だが、一人でやるには到底無理なプロジェクトをなんとかやりきったとたん、過労と軽い心筋梗塞で倒れた。

病院のベッドで横になっているうちに、

「あいつらのために死ぬのはいやだ」

と気づき、ほどなく会社を辞めた。いじめていた連中を徹底的に調べ上げ、特に金銭関係で言い逃れができない証拠をつかんでから。一番効果的で、ダメージの大きなタイミングを狙って、緻密に工作を施した。

取引先や他の真面目な部下たちを思えばこその我慢だったが、辞めるとなればそんなこと気にしないでいいので（それぞれ断りを入れたし）、間違った相手にケンカを売ったとわかるまでぶちのめしてから会社を辞めた。

しかしそのあとはさすがに抜け殻のようになり、実家に帰るしかなかった。

自分に関して様々な噂が流れているのは知っていたが、めんどくさいので説明はしないでおいた。本当のことを話すと長いし、リストラされてかわいそうとか同情されていた方がよっぽど楽だ。

実家には、弟夫婦が同居していた。倫子の部屋は残っていたが、しょせんはただの居候だ。義妹（ぎまい）に気をつかわせることになってしまうし、早く仕事を見つけて、一人暮らしをしたい。

だが、もう少し時間が欲しかった。失業保険もまだもらえるし、貯金もある。

でも、この町で仕事が見つかるのか……。そんな不安はあった。景気が悪いと思ってはいたが、田舎に帰るとその「悪さ」の程度が東京とまったく違うことがわかる。

会社で働いている時は、仕事が面白かったこともあり、こういう生活がずっと続くと錯覚していた。海外旅行やブランド物やエステなど、がんばっている自分へのご褒美のつもりで贅沢をしてきた。仕事とそういう遊びをくり返すことで時間が過ぎていき、来年も再来年も同じように思えてくるのだ。

会社でのいじめが原因とはいえ、辞めたのは自分自身の意志なので、今さら後悔はしないけれど、井の中の蛙（かわず）というか、今の状況を知っていたら会社を辞めなかったかも、と思ったり思わなかったり――。閑職に追いやられたら、と思えるだけマシなのだ。本当に苦しかったら閑職など最初からない。

ついこの間まで、自分は勝ち組のように思っていたのに、なんだろう、この違い。みじめというより、そんなことを思っていた自分が恥ずかしく、それを恥じる自分が情けない。

そんな選民意識を持っていたのはいつからなのか。会社という後ろ盾がなければ、未婚で子供もいない、三十三歳の無職のおばさんだ。

今、東京での友だちに連絡を取りたいとは思わなかった。もうまるっきり世界が違ってしまった、と言っていいだろう。しかし、東京に出てから、故郷の友だちとも疎遠になっていた。穂乃実を除いて。

幸いなのは、落ち込む気力も抜け落ちている、ということぐらいか。鬱(うつ)というより、本当に空っぽになっている感じだ。底まで行って、あとは浮上するだけ？

辞める時に徹底的にやったのがよかったのかも。気がすんだんだろう、きっと。

しかし、この空っぽな容器に、何を入れたらいいのか。

「秘密のお菓子教室？」

「うん。まあ、秘密ってわけでもないんだけど」

どっちだよ、と思いながらも、惹かれる。

「コションっていうおいしいケーキ屋さんがあるの。知ってる？」

「ううん。あ、でも、お母さんが買ってきたケーキの中に、すごくおいしいのがあった。ブルーベリーのタルトだったかな……」

「うん、多分そこの。おばさん、コションのブルーベリータルト大好きだから」

あのタルトはおいしかった。ブルーベリージャムの酸っぱさは、子供の頃、山で穂乃実と一緒に摘んだキイチゴの実を思い出させた。あれは顔がきゅっとなるほど酸っぱかったが、ジャムには柔らかな甘さと瑞々しい香りも一緒にあった。タルト生地の食感はサクサクで、食べる時間を計算したみたいに口の中でホロホロ崩れる。

食べることを楽しむというのを久しぶりに感じたように思った。東京でもたくさんおいしいケーキを食べたが、感動するほどおいしかったのは初めてだ。

感動しただけで疲れて、どこのケーキとかそこまで考えられなかったけど。

「今度ね、そのブルーベリータルトの作り方っていうか、ジャムとタルト生地の作り方の教室があるのね」

「そうなんだ」

　家で作れるのか……。

「パティシエの厨房に行って、作っているところを見るんだけど」

「見るの？　一緒に作るんじゃなくて？」

「そういうお菓子教室もあるけど、今回行くのは見て手順とか学ぶの。一緒に作ると、結局先生の手元を見られなかったりするからってことなんだって。そのかわり、人数は少ないよ。今回は二人一組の三組、六人まで」

「六人で先生を囲んで作ってるところを見守るの？」

「そういうこと」

　見るだけなのか……。自分で手を動かして作る、というのにちょっと惹かれたのだが。

「うーん、どうしようかな……」

「見るだけじゃなく、もちろんそのあとできたてのタルトが食べられるし、おみやげもあるし、お菓子とお茶をいただきながらパティシエや他の参加者の人とおしゃべりできるよ」

　それは今の自分にはしんどいかなあ、と思う。穂乃実とパティシエだけ、というならまだしも、たとえたった四人であっても知らない人と会ったり話したりというのは——

まあ、そんな弱気なことは本当は言っていられないのだが。リハビリだと思えばちょうどいいのだけれど……でも……。

「うーん、今回はやめとく」

まだまだ自分の尻を叩く材料が足りない。

「そう……？　そうか……」

穂乃実は本当に残念そうだった。

「穂乃実はその教室に出て、楽しかった？」

「あ、うん。お店の常連さんだけ招待のお試し教室みたいなのに行ったんだけど、もうね――パティシエがすごく優しくていい人で、とってもかわいいの」

「女性？」

「ううん、男の人。えーと……」

「若いの？」

「ううん、おじさん。でもね……かわいいの。ぬいぐるみ……みたいなんだよ」

「ふーん……。すてきな人っていうのは間違いないってこと？」

「うん。すっごくすてきな人。倫子も会えば絶対好きになるよ」

おいおい、声がうっとりしてるぞ。

穂乃実に限ってやましいことなどないと思うが、結婚生活が順調で子供もかわいくて、その上そんなすてきな人にときめけるというのはなんだかうらやましい。

倫子もあきらめたわけではないが、今のところはとりあえず新しい仕事だ。早いところ食い扶持(くぶち)を稼いで、独立をしなければ。


次の日、実家で一人でダラダラしていると、玄関のチャイムが鳴った。昼間、家族はみんな勤めに出てしまうので、留守番が仕事みたいな日々だった。

宅配便だろうか、と思って確かめもせずにドアを開けると、

「ちぃーっす」

と軽い声。

「え？」

聞き間違いかと思った。こんな声をここで聞くとは思わなくて。

「何してるの、こんなとこで！」

「引っ越しのご挨拶に来ましたー」

とピースサインする茶髪無精ひげのチャラ男。

「引っ越し!?」

思わず噴き出す。なんの冗談かと。

「何それ。ほんとにどうしたの？」

彼の名は小久保到。東京での飲み友だちだった人だ。

会社は違うが同じ飲み屋の常連で、けっこう長いつきあいでもある。歳は同じかせいぜい一つくらいしか変わらないはず。

「通りがかったから、来てみた」

「あー、そうなの？」

以前、飲み屋仲間みんなで旅行に行った時、帰りに実家まで送ってもらったことがあったなあ、と思い出す。

「倫子ちゃん、ほんとに田舎に帰っちゃってたんだねえ」

「ああ、まあねえ～……」

東京の友だちには話さなかったが、飲み屋のマスター夫妻にだけは挨拶しておいたのだ。あそこは自分の憩いの場所だったから。そこからなんとなく伝わるだろうという思惑もあって。

メールの一斉送信とかも考えたが、もうその頃には何もかも億劫になっていた。あとでもいいや、と思って今に至る。

「上がってきなよ、麦茶くらいしか出せないけど」

「あー、充分っす」

相変わらず遠慮のない男だ。

実家の台所に通してから、あーこういうのってもしかして義妹にいやがられるかなー、と思ったがもう遅い。

ここは自分の育った家ではあるけれど、もう自分の家ではないんだ、と実感する。

「どうしたの？」

すぐ後ろから到の声が聞こえてびっくりする。

「あ、ううん、なんでもない。座って座って」

ダイニングテーブルの椅子を引き出し、彼を座らせてから、麦茶をコップに注ぐ。

母の作る麦茶はおいしい。水出しではなく、ちゃんと煮出しているのだ。香りも色も味も濃い。見た目はほぼだしつゆかアイスコーヒーで、非常に香ばしい。

東京にいる時、この味がなつかしかった。夏が近づくといつの間にか冷蔵庫に常備されていて、家族で飲むからすぐになくなってしまう。暑い中、できたての麦茶をふうふうしながら飲むのも好きだった。熱々のには砂糖を入れて飲んだものだ。牛乳を入れてもおいしい。

自分で作る時は、めんどくさいのでついつい水出しにしてしまうが、どうしても別物感は否めない。

「うまいね、この麦茶！」

自分で作ったわけでもないのに、なぜか鼻が高い。

「母親が作ったんだけどね」

「こんなに味が違うとは思わなかったよ」

何か他に出すものはないか、と台所を見回すと、コションのクッキーが残っているのを思い出した。昨日母が買ってきていたはず。ぶたの顔の形をした薄め固めのクッキーは、母のお気に入りだが、その素朴な味わいに倫子も虜(とりこ)になった。小さいからとちょっとつまむと、たちまち一袋なくなる。危ないクッキーなのだ。

それをちょっとかわいい皿にザラザラと並べて、出す。

「どうぞ」

「あ、すんません」

到がつまんで口に入れるのを見て、ハッとする。この皿は、多分義妹のものだ。今まで見たことなかった。

いや、皿だから、ちゃんと洗えば無問題(モウマンタイ)だ。でも、そんなことも気にしてしまうのって……なんか、いや。

「どうした？　ため息ついて」

おいしかったのか、ぽいぽいクッキーを口に入れながら、到が言う。

「いや、別に……」

「何悩んでんの〜？　お兄さんに話してみなよ〜」

「お兄さんねえ〜……」

若ぶっているが、もうおじさんではないか。それをいうなら、自分もおばさんだけど。

「これ、うまいな。地元のクッキー？」

「うん。けっこう最近できたらしいけど」

「なんて店？」

「コション」

「おお、だから形がぶたの横顔になってるのか」

この男は、さらっとそんなことを言うのでたまに驚く。あたしは知らなかった。「コション」がフランス語で「ぶた」の意味だなんて。

「あんた、甘いもの好きだったっけ？」

「うん、けっこう好きよ。自分でも作るしね」

「うそーっ!?」

今年一番の驚きかもしれない。

「プリンとか上手だぜ」

「似合わないわ～」

「失敬な」

そう言って、二人でゲラゲラ笑う。飲んでいる時もこんな感じで、よく「夫婦(めおと)漫才」と言われたものだ。

「それで、なんの用でこっちに来たの？　旅行？」

「いやいや、引っ越し」

「もー、冗談はいいよ。出張？」

「ほんとに引っ越しなんだって」

ニコニコしているが、声は割と真面目だ。

「もしかして、転勤？」

うんうん、と到はうなずく。

「えーっ、そうなの！　意外！」

「飛ばされたの!?」というのはかろうじて飲み込む。いかにも不良社員という雰囲気を持つこの男ならありえる。シャレにならない。

「こっちにある新事業のホテル勤務になったんだ」

これまたホテルとは――前は営業だったのに。この外見で大丈夫なのか？　でも、フロントだけがホテルの仕事じゃないし。営業もこれでやってたわけだし。

「また一緒に飲めるぞ」

そう言われて、ちょっと悲しいというか、複雑な気分になった。ここは東京じゃない。あっちと同じノリで飲めるとはとても思わなかった。

結局、仕事のストレスを酒で発散していたようなものだったんだし――ひどい失敗をしなくてすんだのも、運がよかっただけだなあ、と今なら思える。

「うーん、そうだね。でもまあ、それはあたしが就職してからかなあ……」

「転職したわけじゃないんだ」

「うん。とりあえず辞めて、帰ってきただけだから。今はまだ無職だよ」

「ふーん……。まあ、実家でしばらくのんびりできるじゃん」

「それがそうもいかないんだよねえ。弟が結婚して同居してるしさ」

「そうなんだ」

「早く就職して、家を出ないといけなくて」

「ふーん。じゃあさあ、一緒に住まない？」

「うえっ!?」

変な声が出た。いきなり何を言ってきた？

「引っ越したとこ、広くて部屋が余ってるんだよね。シェアハウスって奴、どうかなあ」

ああ、シェアね、シェアハウス……。でも、もうそんな歳でもないんじゃないだろうか……。

「家賃に困ってるの？」

「そういうわけじゃないけど、広いからさ」

こいつもけっこういい会社に勤めているんだった。

「就職できたらじゃないと考えられないなあ。それまでに別の人が見つかるでしょ」

それに対する返事はなかった。顔を上げると、彼はなんだか苦々しい顔をしていた。

彼のこんな顔はめったに見たことがなかったので、ちょっとびっくりする。いつもニコニコというかヘラヘラしている印象しかなかったから。

「まあ、いいや」

だが、その表情は一瞬のうちに消えた。いつものチャラい笑顔になる。

「また来るよ」

「あ、そう？」

麦茶を飲み干すと、到は立ち上がった。

玄関の外には、彼の車が止まっていた。実用的な４ＷＤだ。スポーツカーみたいなのに乗っていたこともあったのになあ。

「今度来る時は、メールしてきてよ」

倫子の言葉に、彼は苦笑いをした。

「それじゃサプライズになんないだろ？」

「何よサプライズって。そういうの、あたし苦手なのよねー」

「苦手っつーか、気づかないっつーか……」

「何？」

「いーや、なんでもない。じゃあ、またな」

それから、たまに穂乃実からお菓子教室やプチ同窓会の、そして到から飲みの誘いが来るようになったが、二つともなんとなく断っている。

それは、なかなか就職が決まらないというのが主な理由だった。職がないとかそういうことじゃない。選ばなければ仕事はいろいろある。年齢もまだギリギリ大丈夫だし、職歴も資格もそれなりにある。

でも、いざ面接ということになると——その会社に行き着く前にめまいがしたり、激しい動悸に襲われたりしてたどりつけなかったり、会社に行ってからそのような状態になって面接ができなかったりして、職を得ることができないのだ。

前職場で受けたいじめやいやがらせを夢に見ることもある。あー、これが「フラッシュバック」って奴かー、と思ったが、それほどショックを受けていたのにも驚いた。実家に帰ってゴロゴロしている分には、「なんだ、あたし、けっこう平気だな」と思っていたから。

いざ働こうとした時にこんな羽目に陥るとは、考えてもみなかった。

それで最近は、すっかり自信をなくしていた。このままでは実家の穀潰しになってしまう。バイトすらできず、貯金もどんどん減っていく。

病院へ行ったところで治るかどうかもわからないし、家族に対してそれを言い訳にするのも申し訳ない。一番怖いのは、自分に対してそれを言い訳に使いそうなことだ。そういう泥沼から抜け出すのは難しい。

泥沼といえば――穂乃実のことも心配だった。

お菓子教室のあとにもちゃんと習ったことを実践しているらしく、「あれを作った」「これも作った」という報告の他に、

「やっぱり山崎パティシエがすてきなの。とってもかわいい」

という話もどっさりなのだ。

最初のうちは楽しそうで微笑ましい、と思っていたが、かなり口調が熱っぽいのに気づいてからは、ちょっと心配になってきた。

コションのお菓子教室が本格的に始まるのは、七月からなのだそうだ。今はパティシエが、常連たちに頼んで説明の練習を見てもらっているらしい。穂乃実はそれに足繁く通っているのだ。たまに二人っきりになることもあるという。

東京にいた頃だったらすぐに「やめなよ」と言っていたと思うが、なぜか今は躊躇してしまう。自分のことも面倒見られないのに人のことに口を出すのは、単なるおせっかいでしかない。言ったからには自分でも動かないと、と思うが、そんな気力はなかった。

でも、なんだか心配なのだ。穂乃実には悲しんでほしくない。

そんなこんなで悶々としていると、また到が家へやってきた。

「また来たの？」

つい憎まれ口を叩いてしまうのが、倫子の悪いクセだ。ほんとはうれしかった。と同時に、こいつには悩みを話してしまいそうで怖かった。一人で落ち込んでいたところだったし。

「おー、麦茶飲ませて」

「いいけど……」

ところで、どうしてここまでわざわざやってくるのだろうか。

「はい、これみやげ」

「あっ、コションのラスク！」

あれからすっかり倫子もコションのファンになった。なんでもおいしいが、実はこのめったに手に入らないラスクが好きなのだ。

手作りパン屋ならばたいていある、売れ残りのパンで作ったラスクで、一袋にいろいろな種類が入ってすごく安い。これも普通のパン屋と同じだ。だが、コションのパンに売れ残りはほとんど出ない。前日が悪天候だったりすると出る可能性が高いが、それを知っている人も多いのでかなりの競争率なのだ。

「よく手に入ったねえ」

「たまたまあったから、買っただけだよ」

「コーヒーにしようかな。飲む？」

「麦茶もコーヒーも飲む」

「遠慮ないよねえ、あんたって」

到の前に、冷たい麦茶と熱いコーヒーを置く。

「いただきまーす」

さっそくラスクを口に入れる。薄めでパリパリと軽い。パンの種類によって味が変わるのだが、倫子はオーソドックスなフランスパンのが好きだ。

パリパリポリポリと無心で食べていると、もう袋半分くらいなくなってしまっていた。

「早いなあ、食べるの」

「うーん、おいしい……」

「喜んでもらえて何より」

「東京の有名店のよりもずっとおいしい」

「そんなに違うの？」

到がラスクをポイッと口に入れた。

「確かにうまいけど」

「こういうラスクの方が結局おいしかったりするんだよ。コションも含めた普通のパン屋さんのラスクがさ」

「まあ、そうかもなあ」

もう一枚口に入れて、到はうんうんと首を動かす。

「それで？　今日はなんの用？」

「用っていうか、一向に誘いに乗らないから、直接来てみた。前は誘えばホイホイ来たのにさあ」

「昔と今は違うんだよ……」

それを思い知って、ちょっと愕然となる。

「何？　元気ないじゃん」

「……なんかさあ、あたしパニック発作っていうの？　そういうのになったみたいで……」

「ええっ⁉」

けっこう驚かれたので、こっちがびっくりするではないか。

「どうした、医者に行ったか？」

「行ってない。っていうか迷ってる。これ以上家族に迷惑かけたくないし……」

「まあ、とにかく話してみろ」

到は、意外なことに聞き上手だ。軽いうながしについついしゃべってしまう。いじめについてもけっこう彼にしゃべったことで鬱々とせず、やりたいことをすべてやって決着をつけられたとも言える。腹黒い作戦を一緒に考えてくれたりもした。

「そんな大したことないの。息切れとか動悸とかして、面接うまくいかなくて、なかなか仕事が見つからないだけだよ」

「まだ休まないといけないんじゃないの？」

「そんな余裕ないよ……。それに、やっぱり仕事したいっていうか、働きたいんだよね。仕事はなんでもいいんだ」

ダラダラはもう充分したからいい。あたしはやっぱり、動いてないと落ち着かないみたいだ。

「もう一回東京に行こうかなあ……」

もう少し自分の経験や資格を生かせる仕事につけるかもしれないが、以前のようにバリバリ働けるか……。

「――東京に戻るなんて言うなよ」

つぶやきみたいな声だったが、聞こえた。

「行かないですむなら、行きたくないよ」

この町が好きなのは、帰ってきて充分わかったことの一つだ。

「そうか。よかった」

「どうしてあんたが安心するの？」

「なんのための転勤かしらと思って」

「なんのため？」

「お前を追っかけてきたのに」

いつもと同じ調子のまま言われたので、何を言われたのかわからなかった。

「……冗談？」

「もー、お前全然わかってくれないからぶっちゃけるけど、俺と結婚しない？」

それもいつものままに見えた。

「……ふざけてんの？」

「ふざけてない」

とたんに真剣な顔になった。

「俺とほんとに結婚しないか？」

一気に顔に血が集まったようだった。こいつとこういう雰囲気になるなんてっ。

突然混乱の極みに陥った倫子は、椅子を倒して立ち上がった。

「と、とにかく、今日は帰って」

「なかったことにはするなよ」

鼻につくほど顔を近づけられて、もっと混乱する。あわてて顔をそむける。

「わ、わかった」

「じゃあ、またな」

ニッコリ笑うと、到は帰っていった。

東京の飲み友だち（女性）に連絡を取るしかない、と思って久々に電話をかける。

「あー、やっと告ったのー？　長かったねー」

と言われて、またまたびっくり。

「やっとって何？」

「倫子ちゃん、全然小久保くんのアプローチわかってなかったからさあ」

「そうなの⁉」

「周りはだいぶ生温かい目で見てたんだよ」

「あたしってそんなに鈍感だった……？」

「もう超鈍感。小久保くん、ああ見えて純な奴だから、かわいそうだったわ」

アハハハハ〜、と笑われていたたまれない。

「だって彼女もいたじゃん！」

「倫子ちゃんが誰かと別れると、あいつも別れてたよ」

マジか。そんなの全然気がつかなかった……。彼女がかわいそうではないか。

「あたしはずーっとチャラい奴だとしか――」

「ひどっ」

「だって、初めて会った時から変わってないじゃん……」

「まあ、本人も特に否定はしなかったしねえ。でもあれは照れだよ照れ。ワルぶってるけど真面目なのと同じ」

そうなのだ。あいつああ見えて大学は某国立だし、仕事の成績もトップクラスで、外国語も英語だけでなくいくつかしゃべれたりするらしい。

「でも、どうして転勤したの？　本社の出世頭だったらしいじゃん。新事業って子会社みたいなもんでしょ？」

「なんのための転勤だと思ってんのよ、倫子ちゃん」

「え……!?　まさか、ほんとにあたしが実家に帰ったからって……ことじゃないよね？」

本気にしていなかったのだが。

「そうに決まってるでしょ？　偶然ホテルが開業してたから転勤になったけど、そうじゃなきゃ転職してるよ、あいつ」

「嘘……」

電話を切ってからも混乱は収まらず、余計ひどくなった。

いや、そんなバカな。こんなことする男とはとても信じられない！

とはいえ、それを冗談ですまそうとか、そんなことは失礼だし――断る？　受け入れる？

それすらもどうしたらいいのかわからない。

胸がドキドキしてきたが、パニック発作とは違うというのだけはわかった。

いや、でもこんな女は不良債権だろう。このまま結婚したら専業主婦だが、主婦としてはどう考えても落第だ。何もできないとまでは言わないが、せいぜいダメ主婦がいいとこ。就職できるかわからないし、まして、こ、子供とかっ！

——何もそこまで想像しなくてもいいじゃないかと自分でツッコむ。でも、子供を産むならもうそろそろ焦らないといけない時期なのだ。

けど、そんな打算的な結婚では、彼に悪い。

かといって、恋愛対象として彼を見られるか——と考えると、思考が止まる。

困った。本気で困った。

いやな気持ちじゃないのが、また困るのだ。

次の日、穂乃実からまたお菓子教室に誘われた。

「行く」

「ほんと？　うれしい！」

混乱の極みにいるので穂乃実に話を聞いてもらいたいのと、なんかこう、とにかく動きたい！　と思ったので。

じっとしてられない、というのが本音か。

「今回はシュークリームだよ。あと、夏のフルーツゼリー」

「あー、おいしそうだねー」

いかにも棒読みなので、穂乃実が気づく。

「何かあったの、倫子？」

「うん、まあ……」

「電話じゃ言いにくい？」

「うん」

「じゃあ、お菓子教室の前にお昼食べながら、どこかで話そうか」

「うん……」

しかし、前日になって穂乃実がお昼に来られなくなる。お母さんが家で転んで入院したのだ。

「ごめんねえ。怪我だけなんで他は元気なんだけど……」

「お菓子教室は行かないの？」

「ううん。お母さん本人がおみやげ楽しみにしてるから、抜けて行く。現地集合になっちゃうけど、大丈夫？」

「うん。ナビがあるから」

多分。車の運転もだいぶ慣れてきたし。

ソワソワしながら何時頃出かけようか、と支度していたら、携帯電話が鳴る。

「おー、俺俺」

到だった。詐欺かっ、とツッコみたくなるのをかろうじてこらえる。

「昼を一緒に食べない？」

「あ、友だちと約束してるから」

さっきキャンセルになったばかりなので、とっさに口から出た。

「ほんとか？」

「ほんとだよ！」

限りなく真実に近い。昼は別として、「友だちと約束」は本当だから。

「避けてるんじゃないだろな？」

「さ、避けてないよ」

ここで噛むと八割がた「そうだ」と言っているようなものだが、仕方ない。

「じゃあ、昼はいいや。午後は？」

到はあきらめない。

「午後？　仕事は？」

「仕事みたいなもんなんだけど、倫子ちゃんを連れてきたいとこがあって」

「いや、いいよ、仕事なら」

「じゃあ、仕事じゃないから」

なんだそれ。

「午後も予定があるの！」

これは嘘じゃなくてよかった。

「避けてるな」

「避けてない！」

避けてるけど。

「はっきり言え。誰かとつきあってるのか？」

「つきあってはいないけど……」

「じゃあ、気になる男がいるのか？」

「気になる――」

　これ以上の嘘は言うべきでない、と思いつつ、これ以上の精神的な負担に耐えられそうにないと焦り、

「気になる人はいるよ！」

　と言ってしまった。

「誰だそれ？」

　なんで引いてくれないかなあ!?　と思いつつ、鈍い頭を必死に回転させる。

「誰って言えないっ」

「いないな」

　即答されて、なんだかムカつく。当たってるから余計に！

「いるよ。午後にはその人に会うの」

「……ふーん」

　答える前にちょっとだけ間があった。

「どんな男なの？」

「優しい人だよ」

そう穂乃実が言っていた。

「優しいだけじゃわからん。外見はどんなの？」

そ、そんなの知らない……あっ。

「かわいい人なの」

ジャニーズ系かな？

「倫子ちゃんはそういうのが好みなんだ。ふーん」

バカにしたような声に腹が立つ。

「何やってる人？」

「パティシエ！」

即答してやったぜ。

「もう出かけなきゃだから。じゃあね！」

返事は聞かずに電話を切った。

しかし、出かける用事は午後までないので、冷蔵庫の残り物でお昼を用意する。

モソモソと食べながら、売り言葉に買い言葉とはいえ、子供がダダをこねるようなことを言ったなあ、と反省する。

到本人に確かめていないが、真剣らしいというのは倫子も知っているわけだから、そこをはぐらかすのは大人としてダメだと思う。わかっているけど……どうもうまく冷静に話せないというか……すぐにその場を立ち去りたいから、手っ取り早い方法に頼るというか。

まあ、それがつまり「子供みたい」ということなんだけど。

あいつもこっちがもう少し冷静になるまで待ってくれればいいのに。そしたら、もう少しちゃんと話せるのに……。

ナビに住所を入れても、うまく認識されなかった。そういえば、「秘密のお菓子教室」と穂乃実が言っていたっけ……。本当は住所が非公開なのか？

単に使い方がよくわからないだけかもしれないが。母親の車だし。

仕方ないのでダッシュボードでくしゃくしゃになっていた住居地図を頼りに車を走らせる。よかった、平日で。休日に運転するのは怖い。混んでいるから、こうして道の脇に一時停止もできないし。

教室（店の「アトリエ」というところでやるらしい）への砂利道を何度か見逃し、やっと着いたのは開始時間ギリギリだった。

車を降りると、外に穂乃実がいた。

「倫子！」

手を振りながら、近寄ってくる。ドアをロックして歩きだすと、屋敷の中から人が出てくるのが見えた。

思わず足が止まる。

「やっと来てくれたー！」

そう言って、穂乃実が抱きついてくる。到がその背後で首を傾げながらもニヤリと笑っていた。

なんだか気まずい。

と思っているのは、自分だけのようだった。

アトリエの隣にある休憩室のようなところで、お茶を振舞ってもらっている。給仕してくれたのは、ジャニーズ系のかわいい男性。

ただし、どう見ても高校生のバイトだった。彼がパティシエとはとても言い張れない。

「男性が教室に来るのはあまりないんですよ」

何も知らない穂乃実が到に話しかけている。

「たいてい女性ばかりなんですか？」

「ほとんど。でも、本格的なのは今日からなんですって」

「これからきっと増えますよ」

さすが受け答えにそつがない。

「そうですよね。でも平日の昼間なので、どっちにしても来れる人は限られちゃいますよね」

もう一組の女性同士の内の年配の人が答える。どうやら母子らしい。

あとは穂乃実と倫子、そして到は一人で参加でしめて五人。四人は和やかだが、自分一人だけが気まずい。お茶がとてもおいしくて、それだけが救いだ。

「お待たせしました。どうぞこちらへ」

熊のような体格の人（パティシエの助手らしい）がそう呼びかける。

倫子はそそくさと立ち上がり、隣のアトリエに入っていった。あれ？　誰もいない？

「こんにちは」

中央の大きな作業台の上にはぶたのぬいぐるみが置かれている。響いた声は中年男性のもの。

「はじめましての方ですね。お名前は？」

ぬいぐるみがしゅたっとこっちに手を伸ばした。とても短い腕だった。

ラジコン？

「ぶたぶたさん！　今日もよろしくお願いします」

穂乃実が後ろからやってきて、声をかける。

「木内さん、こんにちは」

「この人は、あたしの友だちなんです」

「こんにちは。ええと……三上倫子さん、ですか？」

手元の紙を見てぬいぐるみが言う。

「は、はいっ」

変なところを見て、返事をしてしまう。が、すぐに頭が戻される。後ろからっ、後ろから到が押さえてる！

「ちゃんと見ろ。確かにぶたぶたさんはかわいい」

「あっ、小久保さん。お世話様です」

「今日はよろしくお願いします」

他の二人にも確認を取り、ぬいぐるみは改めてお辞儀をした。

「今日はコションのお菓子教室にいらしていただき、まことにありがとうございます。講師を務めるパティシエの山崎ぶたぶたです」

気絶したい、と思った。生まれてから一度もしたことないけれども。


コションのお菓子教室は、パティシエが作っているところをひたすら見る、というスタイルだった。これは穂乃実からも聞いていたが、決して珍しいものではないらしい。というのを教えてくれたのは到だ。

「ホテルの宿泊プランやオプションツアーにこのお菓子教室やティーパーティーを組み込んだり、結婚式にぶたぶたさんのケーキを出したり、ガーデンパーティーを共同でやろうとか、企画がいろいろ進んでるんだよ」

これもコソコソと後ろで教えてくれた。残りの穂乃実たち三人は前に陣取り、真剣にぶたぶたの手元を見ている。

今、彼はカスタードクリームを作っているところだ。タプンとした重みのあるクリームを鍋に入れ、クッキングヒーターにかけてガシガシかき混ぜている。なんかもう、速くて手元が見えないくらいだ。

どこにあんな握力と筋力があるのか、不思議すぎてもはや魔法としか。

シュークリームの生地をちょちょいっとオーブンの天板に絞り出したり、夏の果物――メロンやスイカやマンゴーなど――をきれいにカットする手つきは人間じゃないから余計にすごい。これももう、ぼんやりしてると見逃す。三回くらいやってくれないと。

一回目は普通にその手さばきの結果に驚嘆し、二回目はゆっくりとそのパフパフの手の動きに見入り、三回目でようやく食材をどうしているのか観察、という手順を踏みたい。

「ちなみにぶたぶたさんは既婚者で、子持ちだぞ」

「えっ⁉」

大きな声を出しそうになったが、なんとかこらえた。

「不倫はやめとけ」

「全然信じてないくせに……」

「まあな。嘘つくの下手くそだし、倫子ちゃん」

「……わかってたなら、そう言ってよ」

　恥ずかしいから。

「完全に観念してくれないと、こっちとしては困るんだよね」

　言葉は何だかドSだが、口調は優しかった。弱気ですらあった。

「楽させるためにここまで来たんだから」

「楽なんてしたら、ダメになるよ、あたし」

　それも怖いのだ。抜け出せなくなる。きっと。

「じゃあ、ちゃんと身体を直したら、『働け』って言ってやる」

「ほんと？」

「先のことはどうなるかわかんないけど、働けるくらいに丈夫にしてあげるよ」

「医者でもないのに……」

「もちろん、旦那としてな」

　その偉そうな言い草に、つい笑ってしまう。

「わかった」

「えっ？」

「わかったよ。よろしくお願いします」

到はしばらく黙っていたが、おそるおそる倫子の手を握った。

「うん。こちらこそよろしく」

彼の手は少し汗ばんでいたが、温かくて大きかった。

「はい。じゃあ、お庭でできあがったお菓子をいただきましょう！」

ぶたぶたがポンポンと手を叩くと、白い煙が上がった。

「おー、手品みたい」

いい香りがアトリエを満たす。

裏庭には、テーブルがセッティングしてあった。緑濃い山が見える。手入れは最低限しかしていないようだが、この方が倫子は落ち着く。

あたしの故郷の空と緑だ。

それを見ながら、できたてのシュークリームとゼリーをいただく。

シュークリームの皮はとても薄く、触るだけで破けてしまいそうだった。こんなん、家でできるかあっ！　って感じだったが、小さくて一口で食べるとぷしゅっとなめらかなクリームが弾けるようで——できたてもいいけど、冷たく冷やして、あるいは凍らせてもおいしそうだ。

ゼリーは果物の色を引き立てるため、透明——いや、ちょっとだけ色づいていた。はちみつのゼリーなのだ。透明に近いふるふるのゼリーの中に、たくさんの果物が泳いでいる。

冷たいゼリーは、夏の暑さを忘れさせてくれそうだ。

ああ、でもこれから——どうなるんだろう、あたし。

くよくよとそんなことをくり返している割に、不安はなかった。妙にうれしそうな顔をしている到の隣は、思ったよりもずっと居心地がよかったから。

たからもの

七月に入ってすぐ、その手紙が届いた。

「優流、優流！　届いたよ、これそうでしょ！」

母の方が興奮気味だ。白い薄い封筒には、スイーツコンペを主催する会社のロゴが印刷されている。

「早く早く、開けて！」

妹たちも集まってくる。なんでこんな仰々しく開けなくてはならんのだ、と思いながら、ゆっくりと封を切る。

しばしの間のあと、

「書類選考、通ったー！」

と優流は叫んだ。

「融くんと朔也くんに連絡しなさい！」

飛び跳ねるのをやめて、あわてて二人にメールを送る。そしたら、すぐに家へやってきた。

「やった!」

「やったな!」

こんなにうれしいとは思わなかった。今までのうれしさってなんだろう、と思うくらい興奮する。一人じゃなくて、朔也と融と喜べるからだろうか。

その日は、なぜか親たちも優流の家へやってきて、パーティーのようになり、親父たちはみんな泥酔した。

夜中に目を覚ますと、三人は優流の部屋で雑魚寝していた。しゃべり疲れて寝てしまったようだ。

喜びを再び噛みしめるが、同時に怖くもなった。地区予選まで一ヶ月ほど。今度は規定時間内であのケーキを完璧に仕上げなくてはならない。

できるんだろうか。

二人はまだ眠っていたが、きっと同じ気持ちを抱えているに違いない。

「緊張するのは悪いことじゃない」と師匠であるパティシエのぶたぶたは言っていた。しないよりはした方がいい。集中力も上がるんだって。

でも、それに押しつぶされないようにするのは、どうしたらいいんだろう。

その日からというか、その前——コションのアトリエがわかった時から、ずーっとぶたぶたの元へ通っている。

ほぼ毎日。何しろ、教えてもらうかわりに働いているから。学校が終わったらアトリエに行き、手伝いをしながらぶたぶたの仕事を盗み見、勤務時間が終わって助手の新名が帰ったあとは、ぶたぶたによる個人指導が待っている。

休日もアトリエへ行く。行ける時は全部行く。誰かしら絶対一人は、毎日通っている。ぶたぶたの朝は早いので、午後や夜行けない時は、朝手伝ったりする。

彼は本当に面倒見がいいというか、なんかもう、最近は胸が苦しいくらい感謝している。優流たちの無謀な挑戦を一番応援してくれているのがぶたぶたなのだ。

ご家族にも申し訳ない気持ちがいっぱいだ。奥さんには夕飯や朝食をごちそうになったりした。中学生の上の娘は一緒に手伝ってくれたりもした。

小一の下の娘は……不思議ちゃんだ。

姉妹は二人ともお母さんによく似ているのだが、クールな雰囲気のお姉ちゃんと違って、妹は——おっとりしている。悪く言ってしまうと、ぼんやり？

「あの子は、独特の美意識があるみたいなんだよね」

ぶたぶたはなんだか楽しそうに言う。美意識はよくわからないけど、優流としては淋しい思いをさせているのでは、と気になる。

何しろお父さんを他人の男子高校生たちがほとんど独占しているようなものなのだ。たまにアトリエへやってきて、隅の方で絵本などを読みながらじっと見つめられる時があるが、恨まれているのかなと思うほど強い視線なのだ。

「うーん、前よりも淋しい思いをさせているのは間違いないんで、申し訳ない気持ちはあるけどね」

ずーっとぶたぶたと一緒なので、いろいろな話をした。こういう家族の話から、本や映画の話、世間話や噂話、マンガやアニメやネットの話もした。

でも、一番たくさん話したのは、お菓子と食べ物の話だ。

ぶたぶたはお菓子作りだけでなく料理全般が好きなのだ。彼が作ってくれたものもたくさん食べた。おしゃれなカフェで出てくるようなパスタから、定食屋で人気が出そうな丼飯まで、なんでもおいしい。料理もだいぶ教わった。お菓子よりも適当でよかったりするので、家で作ると手間がかかっていないのに母に感謝されてお得だ。

「まあでも、応援してくれてる気持ちもあるってわかってるから、今は思いっきりできることをやろうかなって思ってるんだ」

ぶたぶたの言葉に、背筋が伸びる。

この二ヶ月が、一気に甦(よみがえ)ってきた。


優流にとって、この二ヶ月はダメ出しばかりだった。

最初からそうだった。書類選考まで時間があまりないのに、いきなり考えていたレシピにダメ出しを食らった。

「『たからもの』ってタイトルがついてるけど、それは君にとってどういう意味？」

とぶたぶたは言う。

スイーツコンペは毎回テーマが決められている。今回は「ふるさと」だ。そのテーマに合わせてのタイトルだったはずなのに、改めて問われると、具体的に説明できなかった。

でも、家に帰って一人で考え、融と朔也と考え、ぶたぶたを手伝いながら考えに考えていたら、だんだんわかってきた。

優流は、「今のこの気持ち」を表したいと思ったのだ。それを、とってもきれいなケーキにしたいと考えた。

きれいな色、きれいな形、きれいなデコレーション、そして、きれいな味……。結晶のようなケーキを作りたいと願ったのだ。

その気持ちが『たからもの』というタイトルにこめられている。

改めてケーキのレシピを考えている間は、そのことばかり気になっていた。

『たからもの』だから、ジュエリーのような色合いとか、宝石箱みたいに全体は四角でとか、内側にいろいろな形を組み合わせてとか、アイデアは浮かんでくるが——そもそも、なぜ『たからもの』ってタイトルにしたんだっけ？

これは三人で考えたはずだ。

どんなケーキにするかなかなか決まらなくて、とことん話し合った時、

「とりあえず、タイトルをいろいろ出してみて、一番イメージが浮かびやすいものにしよう」

と朔也が言ったのだ。

山ほど言葉を並べて、その中で一番優流のイメージをくすぐったのが『たからもの』

だった。宝石から海賊まで、様々なイメージが浮かんで楽しかった。テーマにこじつけるのも簡単だったし。

だから、その時は意味なんて特に考えなかったのだ。

ある日、優流は学校で先生に引き止められ、コションに行くのが遅くなった。連絡はしたけれども、気持ちがはやる。早く行かなくては——と自転車を全速力でこいでいたら、足がペダルから滑って落ちた。それに気を取られた一瞬のうちに、道から山の中に飛び込んでしまった。

宙を飛んでいるわずかな時間はとてもゆっくり感じられたが、その後の衝撃で目を閉じた。自転車が少し離れたところで派手な音を立てて転がる。ぶつからなくてよかった。不安定だったが、とっさに受け身が取れたようだ。でも、背中が痛い。ショックでなかなか身体が動かなかった。とりあえず、目を開ける。ああ、あの時は何がなんだかわからなかったけど、こういう状況だったのか——とぼんやり思う。

多分、ぶたぶたのアトリエを見つけようと必死になっていた時も、ここに落ちたのだ。あの時は夜だったし、朔也と融が先に行ってしまって気づいてもらえなかった。声を出す間もなかった。

幸い、崖自体が浅かったので、今回同様怪我はしなかったが、実はその時にぶたぶたに会っているのだ。

正確には、声しか聞こえなかった。真っ暗だったから。自転車のライトは壊れ、月も出ていなくて、漆黒の闇ってこういうことか、と思った。

「大丈夫？」

そんな闇の中から声が聞こえた時は、息が止まりそうなくらいびっくりした。

「道から転げ落ちたよね？」

声は上から聞こえた。ガサガサ歩いているような音もしたが、あの時は足を忍ばせて歩いているのかと思っていた。今は違うとわかる。

「は、はい……」

わずかに闇に慣れた目で人の頭らしき影を見つけようしたが、わからない。

「どこか怪我してない？」

「いえ、大丈夫です」

やっと起き上がった。背中や肩など痛いところはあるが、せいぜい打撲くらいだろう。

頭を打っていないのは自分でもわかる。

「上がれるかな？」

見上げると、崖自体は浅いが、すごく急だとなんとかわかる。落とし穴に落ちてしまったようだった。

「自転車を持っては無理かもしれません」

「じゃあ、下から上げて。持ち上げておくから」

「ありがとうございます」

木の間から自転車を引っ張りだし、前輪とハンドルを持って頭の上まで持ち上げる。

「お、重い……！」

予想外に重くて驚く。打撲が痛いとかもあるけれど、自転車ってこう持つと本当に重い。

「あ、上げますよ、自転車！」

気合を入れるため、上へ声をかける。

「はい、どうぞ」

ふっと腕が軽くなり、自転車が引き上げられる。屈強なおじさんが持ち上げているのを想像する。

「ここに置いておくからね」

カシャン、と丁寧に地面に置かれた音がした。そのまま行ってしまいそうだったので、あわてて草をつかんだり、木の根っ子に足をかけたりしながら、道に上がった。

「ありがとうございました」

「いえいえ」

あ、まだいた。でも、人影は見えない。目もだいぶ慣れてきたのに。キョロキョロしても、何もわからない。自転車はわかるのに、どうして？　どこにいるの？

「今度から気をつけてね」

また暗闇から声が聞こえた。それもだいぶ下の方から。

「はい。すみません」

足音が遠のいていくが、やはりカサカサとしか聞こえない。ずいぶん軽い人だ。声はおじさんだったのに――。

耳をすましても何も聞こえなくなってから、道端に座ってしばらく休んでいると、朔也と融が「撒かれた～」とがっくり戻ってきた。

けっこう追い詰めていたんだな、と今ならわかる。ここはアトリエからこんなに近かったのだ。

「そういうことなら、あの時、（アトリエを探していると）言ってくれたらよかったのに……」

とぶたぶたはつぶやいていたが、知らなかったんだからしょうがないではないか。と、いろいろわかったことがあったとしても、この状況がどうなるものではない。昼間なだけマシだが。

とにかく立ち上がって、声を上げる。

「おーい！」

誰かいないか。あるいはアトリエに声が届かないだろうか。

しかし、しばらく待っても、しーんとしたままだ。と思ったら、

「大丈夫？」

「わああっ」

あの時と同じように——いや違う、今度は後ろから声がかかった。振り向くと、ぶた

ぶたの娘――妹の方が立っていた。

ぶたぶたはこの子よりも小さいのだから、影も何も見えないのは当たり前だ。暗闇の中からの声は、怖いのと安堵が混じって混乱の極みだった。

「何してんの、こんなとこで！」

まさか、彼女も落ちたのか？

「お花採ってたの。あとはキノコ」

「キノコ⁉」

優流はこの町の生まれだが、キノコはあまり知らない。野生のものは下手に手を出すと危ないと親にも言われている。山菜なら少しわかるが。

「お父さんとたまに採りに来るの。うちの裏からぐるっと回って、この下の方から登ってくるんだよ。けっこういっぱい採れるの」

「キノコどうするの？」

「食べるんだよ」

「えーっ」

それはちょっと危険ではないか？

「お父さんとお母さんはキノコわかる人なの？」

「ううん。あ、お父さんはちょっと知ってる。でも、音羽のおじちゃんほど知らない」

音羽のおじちゃんとは、ここらの山の持ち主のことだ。

「キノコ採ったら、音羽のおじちゃんに見てもらって、食べられるのだけ食べるの。でも、あんまり食べさせてもらえないんだよ。ほとんどお父さんとお母さんで食べちゃうの」

何だかプンスコしているが、万が一があるから、それは仕方ないだろう。

「お姉ちゃんは？」

「お姉ちゃんはキノコ好きでも嫌いでもないから、別にいいみたい。あたしばっかり損！」

食べ物の恨みは怖いからなあ。この子はぶたぶたと同じくらい食いしん坊のようだし。

「ここから上がりたいんだけど」

「じゃあ、誰か呼んでくるね」

彼女はひょいひょいと猿のように崖を登って、アトリエの方に駆けていった。さすが、登り慣れている。

しばらくすると、朔也が現れる。ひょこっと顔がのぞいた。融は今日、塾に行っている。

「何してんの？」

「自転車で落ちた！」

「前と同じとこじゃね？」

「うん。自転車をまず上げるから受け取って」

そう。今から考えると、ぶたぶたがどうやってこの自転車を上で受け取ったのか、というのが謎だ。

「重いよー」

割と長身の朔也ですら弱音（よわね）を吐いているのに。いや、百歩譲って弱音を吐かなかっただけだとしても、持ち上げられるわけない、と思ってしまう。

でも、いつの間にか自転車をトラックの荷台に載せていたりするんだよな、夜送ってもらう時とか。車の運転を目の前で見せられても、なかなか信じられない気持ちがまだ続いている。

はっ。あの夜は、ぶたぶたしかいないと見せかけて、実は誰かいたりして。

いや、それもちょっと……こっちは混乱していたから、わからなかったとはいえ。

「自転車、置いたよー」

朔也の声に我に返る。あわてて道に上がった。

「どっか怪我した？」

「ううん、平気」

「丈夫だな、お前」

よくぶつけたり倒れたり落ちたりするが壊れた様子のない自転車と同じくらい丈夫だ。根っからの健康優良児。

「お前、いろいろな意味でパティシエに向いてると思うよ」

「そうかな？」

そう言われるとうれしいが、どんな根拠で？

「パティシエっていうのがだいたいあんなふうに働くもんなんだって考えると、精神的にも体力的にもタフな人じゃないとやってけないんじゃない？」

「ああ、そうかも」

二十キロもの小麦粉の袋をいくつも持ったり、大きな重い天板を持ち上げたり、同じ姿勢で長時間作業したり。

「力持ちだよね、ぶたぶたさんって」

「いや、ぶたぶたさんは特殊だろ……」

細かいデコレーションをいくつもこなしたり、一発勝負の特別な装飾を驚異の集中力で仕上げたり。納期の前には徹夜も当然だし、それが何日も続いたりする。

もちろん繊細なレシピや新しい細工を考えたりしなくちゃならないし、いろんなお店で食べ歩きをして勉強もしないと。

「時間がいくらあっても足りないもんな」

「起きてる間、ずっと動き続けても足りないくらいの働き者じゃないと、パティシエって無理だなって俺は思った」

朔也がしみじみ言う。

「なんで俺は向いてて、お前はダメなの？」

「俺はね……体力がないし、体力作りをする気もないってのがダメだ」

「若けりゃ乗り切れるんじゃね？」

「いやいやいや、だからってできるかどうかは別問題！」

そんなもんだろうか。

「あとはセンスだよ。俺は独創性ないからなあ」

屈託なく朔也は言う。

「そんなことないと思うよ。それに、センスだったら、融の方が——」

「ケーキよりもデザートのセンスはあると思う。でもあいつの根っこはやっぱりお茶なんだよ。自分の中で『デザートはあくまでもお茶のためのもの』って改めて思ったそうだよ、ぶたぶたさんの手伝いをして」

そうか……。でも、お茶も奥深い。融のいれるお茶は本当においしいし、いれ方やお湯の温度によって味が変わるのだ。面白すぎる。

「俺はね……食品会社か家電メーカーで開発とかしてみたいよ」

アトリエで使っている様々な見たこともない食品やら機械やらに目を輝かしていた朔也からすれば、パティシエやシェフが喜んで使ってくれるようなものを開発する方がいいのかもしれない。

「食品と機械じゃだいぶ違わない？」

「そうなんだよなあ。どっちもやりたいっていうのは贅沢かなあ。なんとかできるようにしたいよ」

まだ彼は悩んでいるようだが、進む道は見えている。

「優流はやっぱりパティシエ目指す？」

「うーん、大学にも行きたいけど……」

料理を教わってから、栄養学なんてのもいいなあ、とか思うのだ。

「ぶたぶたさんに聞いたけど、いろんな職を経験してからパティシエになる人も多いみたいだよ」

朔也が言う。

「そうなの？」

「うん。『そこからどうして!?』って人もいるんだって」

「ぶたぶたさんも？」

「あ、やっぱそう思う？　ぶたぶたさんの前職って何だろうな？」

「ちょっと気になるな」

「いつか教えてもらおうよ」

そんな会話もしたっけ。

「で、どんなレシピにしたの？」

ぶたぶたが目の前で腕を組んでいる。

優流は今、人生の中で一番緊張しているかもしれない。

今日は応募〆切の前日。ぶたぶたからの最終評価の日だ。

三人を代表して、レシピの基本を作った自分が説明しなくてはならない。二人は後ろに控えているが、自分と同じくらい緊張しているだろう。

「タイトルは『たからもの』のままにしようと思ってます」

「うん」

「で、外見はこんな感じで」

試行錯誤の末、海賊の宝箱のようなイメージだった外見は丸いドーム型になった。薄いピンク色のいちごムースに覆われている。

周りをマジパンやクッキーで作った木々が覆っている。森を表しているつもりだ。今回のテーマは「ふるさと」。ここは、森と山の町だから。

全体写真もちゃんと撮った。毎回、作るたびに撮っているけれども、今回は写真の出来もいい。

「中身にいろんなものが詰まっているっていうコンセプトは同じなんですけど、ちゃんと全部理由があって――」

そう言いながら、融がケーキを二等分にする。サーブが一番上手なのは、やはり彼だ。

説明する前に、断面図の写真を撮る。

「切り口によって、模様が変わるようにしました。どこから切ってもきれいな模様になるようにして――」

どこでどう切るか、ちゃんとわかるように周りの木を配したつもりだが、計算どおり行っているか――朔也がもっともドキドキしているはずだ。模様を配したのは彼だから。

二等分した断面を見たぶたぶたの反応は――。

「おお」

ちょっと声が漏れた。それだけでうれしい。彼は優しいけど、めったにほめてくれないのだ。評価はとても厳しい。

そして四等分すると、半分の時には見えなかった色が現れる。ハート型に切ったいちごも入っている。ここでも写真。あとで二等分のと合わせて一枚の写真にする予定だ。

「形だけでなく、色でも気持ちを表現したんです」

楽しく厳しく、そしてとても忙しかったこの二ヶ月を全部詰めた。

スポンジとクリームだけでなく、果物やムース、ゼリー、生チョコレートなどを細かく配してモザイクにしたのだ。

「味の組み合わせには苦労しましたけど、思い切った色や味にしたかったので、何度も試作しました。すみませんっ！」

だいぶアトリエの材料を使ってしまったのだった。いつか恩返しをしないと、と思っているが……しゅ、出世払いって奴になってしまうかも……。

「あー、それは気にしないで。で、続きは？」

ぶたぶたは真剣にケーキの中身を見つめながら、そう言った。

「てっぺんにちりばめたクッキーは、いろいろなことの欠片(かけら)ってことで――」

星やハート、もちろんぶたもいる。細かいアイシングにも挑戦した。ぶたぶたが描いたレース模様を何度も真似したが、そこまでは到達できなくて残念。ムースの表面に描く、という案もあったのに。

「このピンク色は何を表しているの？」

ぶたぶたが言う。

「――空です」

「青じゃなくて、ピンク？」

「朝焼けです」

何度も通った朝の空には、夕焼けとは違う色があった。柔らかく明けていく朝を表現したのだけれども、それだけでなく……。

でも、これはちょっと恥ずかしくて言えない。バレバレだろうけど……。

「ふうん、なるほど」

本人は気づいていないようだ。

そして、ようやく試食となった。融がきれいに盛りつけ、慣れた様子で皿を置いた。

ぶたぶたは、フォークでケーキを小さく切り分け、鼻に近づけて、もくもくと香りをかぐ。まるで、ケーキと話をしているようだった。

そして、フォークを鼻の下に押しこむ。いつもの食べ方とはちょっと違う。もっとじっくり味わっている。

ぶたぶたの身体の中では、どんなことが起こっているのだろう。口の中を見せてください、と言ってしまいそうになるのを何度我慢したことか。

はっ、それよりケーキの出来を心配しなければはっ。ムースの見た目はばっちりなのだが、酸味が少し強すぎたかも。中のスポンジとクリームは割とよくできた。果物を直前になって変えたりしたが、前のままの方がよかったのではないか、チョコも邪魔ではないか、いや、他にも加えるか減らすか――すべてが気になる。

「うん――おいしいね」

ぶたぶたの小さなビーズの目が、にっこりと笑った。

「え？」

「おいしいよ。まだまだ改善の余地はあるけど、これで行けるね」

三人でほーっと胸を撫でおろす。

「中はほんとに宝石箱みたいだね」

切り口は、一番いいところにしたから、そう見えてくれないと困る。

「小さなきれいなものが詰まっててワクワクする、ってイメージで作りました」

一つ一つは小さいけど、たくさん集めるとこんなにきれいになって楽しいって。

「そっか――。これが君たちの『たからもの』なんだね」

これを作っていく日々自体が、「たからもの」だった。長いようで短い毎日。

「さあ、みんなも食べて食べて」

そう言われて、急にお腹が空いてきた。午後からずーっと何も食べずに作ってきたのだ。

味も思ったとおりにできた。朔也と融も自慢気だ。でも優流は、満足してしまうのが怖かった。これで終わりじゃない、というのもあるけれど、ひと休みしてしまうと、もう走れなくなりそうで。

それだけじゃなく、何かを忘れているような気もして――。

「お父さん」

背後からの声に振り向くと、ぶたぶたの下の娘が立っていた。

「お父さん、ケーキ食べたい」

「はいはい、どうぞ」

父親の許しに、彼女はトコトコとやってくる。そして、まずは切り分けられたケーキをじっと見つめる。なんだ、その目は。部屋の隅から見つめられた時とそっくりの視線だ。

何か言うのかな、と思ったが無言のまま、父親が渡した皿からケーキを一口、二口、三口食べた。頬袋をふくらませたリスのような顔になる。

「ん、おいしい」

そう言うと、にっこり笑った。

なんだかぶたぶたに食べてもらう時より緊張したのはなぜなんだ。

「でも、なんか足りない！」

「えっ!?」

何を言い出すのか、この娘は！

「足りないって何が？」

困ったような顔でぶたぶたが彼女に問う。

「わかんない！」

胸を張ってそう答えられても困るのだが……。

彼女はそう言うと満足したのか、とっとと家の方に戻っていってしまった。

「ごめんね、あんな子で……」

ぶたぶたの身体が、さらに小さくなってしまったようだった。

「いえ……俺もそう思ってます」

優流はそう言った。これが、ただの不安ならばいいのだが。

心配をよそに、書類選考は無事に通った。

予選までは、とにかく試作をくり返し、レシピを完璧にするしかない。レース模様のアイシングも、少しできるようになってきた。毎日の練習の賜だ。

それでも「何か足りない」という不安はなかなか消えない。なので、試作品をコションの店員や常連客などにも食べてもらった。

「おいしいよ」

舌の肥えた人がみんなそう言ってくれるのはとてもうれしい。

「もっと自信持てよ」

朔也が言う。融は、

「そうだよ。お前が店出す時は、うちのじいちゃんが出資してくれるって言ってたよ」

——それって励まし？

アトリエの裏でなんとなく黄昏れていると、パティシエ助手のヒグマこと新名に肩を叩かれた。

「これからの長い人生、自分で自分の励まし方を知らないと大変だぞ」

「え？」

「……って、ぶたぶたさんが言ってたよ、昔」

彼はその後、そんなに怖くない（むしろいい人）と三人から認識されている。

「新名さんは自分をどうやって励ましてるんですか？」

「励ますっていうか、つまりストレス解消だよ。めちゃくちゃなレシピで何か作ってみるってのをやってる」

「どんなものができますか？」

「料理だとけっこう成功するよ。冷蔵庫の整理みたいなもんだけど。お菓子は失敗することが多い。でも、食えないものは作ってない」

そこら辺、やっぱりプロだなと思う。

「俺は、ストレス解消がお菓子作りだったようなもんだから……」

「あー、そういうのって紙一重だよな。喜びも落ち込みも二倍」

「……励ましてくださいよ」

「自分で自分を励ますのが大切なんだよ！」

そうなんだけど。

「他に印象的なストレス解消法ってあります？」

「バイトの堀内のはけっこう衝撃だった」

「なんですか？」

「あいつはな――マドレーヌを『飲む』んだ」

聞いた時は確かに衝撃だったが、本人に聞いたらなんのことはない、マドレーヌを牛乳で流し込むということで、すなわち「やけ食い」ではないか。

ということで、優流は大好きなマカロンを買い込み、自分の部屋でやけ食いすることにした。

ぶたぶたの作るマカロンは発色が美しい。生地の味がはっきりしていて、クリームが濃い。一つ一つの形が整っている。

見ているだけでうっとりしてくる……。

はっ、いかんいかん！　やけ食いするために買ってきたのではないか。銀行からわざわざお年玉貯金をおろして。

さあ、やけ食いするぞ！

まずは思いっきりガブッとかじる。

ガナッシュの甘さとアーモンドの香りが広がる。ああ、おいしい……。どうしてこんなふうに作れるんだろう……。

——またうっとりしてしまった。

こうなったらさらに思い切って、一つ丸ごと食べてやる！　ポイッとわざとぞんざいに扱って口に放り入れてやる！　しかもあまり噛まずに飲み込んでやる！

そうやって食べ終わった時に湧き上がった気持ちは、

「ああっ、もったいない食べ方した！」

だった。

……他のものはともかく、お菓子のやけ食いはできないのかもしれない。それより、大好きなものを大切に味わう方がよっぽど——。

「あっ！」

それこそが自分のストレス解消法ではないか。作ることばかりで、食べることを忘れるなんて、どれだけボケているのか。

思わず一人で笑ってしまう。かなり笑える。

「何笑ってんの……？」

母親が怯えた顔で部屋をのぞいていた。

「いや、別に？」

ちょっと笑いが止まらないが。

「コションのマカロン、食べる？」

「え、あるの？」

母親が顔を輝かす。

「お茶いれてくれたら、あげる」

「まー、偉そう！」

そう言いながら、ウキウキで階下に降りていった。

楽しくおいしいものを食べる——これが自分にとって一番のストレス解消なのだ。不安が消えなくても、おいしいものはいつもそこにある。

何を食べればいいのかわかっている優流は、多分幸せなのだ。

スイーツコンペ地区予選の日の朝は、なんとぶたぶたがそれぞれの家を回って、お店のワゴン車で送ってくれた。会場まで!

「ギリギリまで何か訊きたいことがあったら、訊いて」

と言ってくれたが、もう充分教えてもらったし、こうして送ってくれただけでもうれしかった。

そしてなぜか、ぶたぶたの下の娘も車に乗っていた。

「いつの間にか乗ってたんだよね」

後部座席で男子高校生にはさまれたパジャマ姿の小学生が大あくびをしていた。なぜか風呂敷包みを抱えて。別に何か話すわけでもなく、しまいには眠ってしまった。

田舎からビルがいっぱいの街へと移動していくにしたがって、どんどん胸が高鳴っていく。それをいい緊張に変えなくては。

「集中だよな」

「うん、集中集中」

三人で何度もそう言い合う。

会場は新しくできた複合施設内にあるスタジオキッチンだそうで——初めて来た。人がたくさんいるところで作るのも初めてだ。

「あー、みんなに見てもらいながら一回作ればよかったねえっ」

ぶたぶたもそう思ったらしい。

「いや、そこまでしてもらったら！」

「そうですよ、ぶたぶたさん！」

「ここまで送ってもらって！」

もうなんだか四人でわーわー言い合いまくる。ぶたぶたも緊張しているみたいだ。

それが、ちょっとかわいくて、うれしい。

「じゃ、行ってきます」

「うん。しっかりね。焦らないで」

「はい。どうもありがとうございます」

三人で順番にお礼を言い、握手をした。フニャンとした手触りにいい意味で脱力する。

荷物を持って歩き出す。ガラガラと少し行ったところで、

「待って！」

振り向くと、パジャマ姿の女子小学生が窓から身を乗り出している。

「ああっ、落ちる！」

と思ったが、そんなことはなく、自力で車のドアを開けて出てきた。そして、まだ寝ぼけた足取りで走ってくる。お、遅い。

「ん！」

彼女は持っていた風呂敷包みを差し出す。

「何？」

「開けて！」

言われたとおりにすると、包みの中にはビニール袋が入っていた。それもさらに開けると、湿らせたペーパータオルを敷いたザルの中にたくさんの花が！　色とりどりで、いい香りがした。

「裏山で摘んできたの。ちゃんと洗ったし、むのーりやくだから！」

「むのーりやく？」

「無農薬か！」

朔也が笑いながら言う。

「全部食べられるからね。音羽のおじちゃんに教わったの。えでゅぷるふらわーだよ」

「エディブルフラワーな！」

融も笑う。

「あのケーキには、木の周りにお花を飾った方がいいと思う。だってあのままだと、木がブロッコリーみたいだから！」

優流も笑った。大声で。頭の中で、パアッと華やかさが弾けた。ただ飾るのをイメージしただけなのに、花ってすごい。

「ありがとう！」

「ううん、どういたしましてー」

彼女は気取って答えると、さっさと戻っていった。苦笑したぶたぶたが窓から顔をのぞかせている。そしてまた彼女は、自力で車に乗り込み、

「がんばってね！」

後部座席の窓から身を乗り出し、手を振る。

「ぶたぶたさんもありがとう。いってきます！」

ぶたぶたの柔らかな手が、ゆっくり振られた。それを見ていると、さっき握った感触を思い出す。

緊張しすぎたら、それで脱力だ。

「行くか」

「うん」

「がんばろう！」

三人は会場に向かって、再び歩き出した。

あとがき

お読みいただき、ありがとうございます。

今回のぶたぶたは、パティシエです。待望という方もいらっしゃるのではないでしょうか。

私にとっても書きたかった職業でありましたが、何しろ何も知らない……。お菓子を食べるのは大好きですけど、作るなんて――高校生の時に硬貨のようなクッキーを焼いてそれっきり。

しかし、そんな私に協力してくださる方がいらした！

それは、札幌にある洋菓子店〈エ・ピュ・ドルチェ〉さん。実はここのパティシエ、草野裕子（くさのゆうこ）さんは、『ぶたぶたと秘密のアップルパイ』に出てきたアップルパイを再現された方。〈エ・ピュ・ドルチェ〉さんは全国の百貨店の北海道物産展に出店されているので、その時に購入して食べられた方もいらっしゃると思います。

彼女のお店を取材させていただくとともに、お知り合いの洋菓子店さんも紹介していただきました。ありがとうございます！

果たして取材の成果があったのか、というのは、本文を読んでいただくとして——。

取材旅行自体は楽しかったです。おいしいものも食べたし、甘いもののおみやげもどっさり買ったし、草野さんの働きぶりを見ているうちにどんどん話ができていったので、大変有意義でした。

残念だったのは、時間的にまったく余裕がなかったのと、体調。余裕がないのは、前の仕事が押せ押せになってしまい、自分で自分の首を絞めたようなものなので、まあしょうがない。でもね、体調は——ここを狙って来なくてもいいのにっ、と思いましたよ。

実は出発前々日からじんましんになってしまったのです……。

最初は虫さされかな、と思っていました。両まぶた一緒に刺されるなんて珍しいな〜、とか言っていたら、腕やら背中やらがかゆくなってきて、顔もどんどん腫れてくる。

一日で治まるといいなと願っていたのですが、その夜はかゆくてほとんど眠れず。出

発前日、皮膚科に行ったら、私の顔を見た先生と看護師さんが、

「ひどいね」

と言いました。試合後のボクサーみたいな顔していたのです……。

皮膚科でもらった薬を飲むとかゆみと腫れは引くのですが、超眠くなる。こんなに眠いんじゃ、取材どころか何もできない！

もう腫れていてもいいや、ということで、朝の薬は飲まず、大きな帽子をかぶってまったくのノーメイクで札幌へ向かいましたよ。

それでも一日目はお昼過ぎまでボーッとしていました。この手の抗ヒスタミン剤に弱い私は、前夜の薬がそこまで残ってしまったのです。かゆみであまり眠れなかったとか、連日の寝不足がたたっていたのもあったけど。

原因もわからなかったんだよね。疲れがたまっていたことは確かなので、抵抗力が落ちていたのかなあ。

泊まったホテルに大浴場があったのに、じんましんで入れなかった（私はいいけど、他の人がいやでしょ）のが、一番残念だったかな。

草野さんのお車に乗せてもらって、お友だちのケーキ屋さん巡りをしたのですが、その間にいろいろ聞かせていただいたお話でこの作品はできあがりました。

頭の中でぐるぐるストーリーを転がしながら、最初のケーキ屋さん、〈パティスリーヨシ〉さんに到着。ここはとても洗練されたお店でした。スタッフさんもたくさんいて、ぶたぶたが次の段階として目指しそうなお店でした。お話を聞き、ケーキを買い、新しくオープンしたアイスクリーム屋さんでアイスをいただきながら（ピスタチオ！　おいしかったです）、さらにお話をさせていただきました。

草野さんのお店近くのギャラリーカフェで買ってきたケーキをいただいたのですが、レモンメレンゲのパイがすごくおいしかった……。もう一回食べたい……。

そのあとにうかがったのは〈うさぎとおひさま〉さん。ここはちょっと〈コションの外観や売場の雰囲気の参考にさせていただきました。手作り感いっぱいの内装と、たくさんの焼き菓子を選ぶ楽しさにワクワクしました。

今度はぜひ、カフェスペースでケーキをいただきたいです。

〈エ・ピュ・ドルチェ〉さんは厨房のレイアウトなどを主に参考にさせていただきまし

たが、草野さん自身の働きぶりこそ一番作品に生かすところだな、と思いました。

パティシエという職業は、イメージだけでもぶたぶた向きと思えますが、取材をしたら、実際の仕事としても彼のような人(?)にぴったりだと確信しました。

どうして私がそう思ったかを、この作品で感じていただけると幸いです。


取材に協力していただいた〈パティスリー ヨシ〉〈うさぎとおひさま〉両店のスタッフの方々、ありがとうございました。

取材に同行していただいた光文社の藤野さんもありがとうございます。ぼんやりな作家ですみません……。

手塚リサさんの表紙イラストは、多分ぶたぶたの店で包装紙として使われているはず。ありがとうございます。

そして、〈エ・ピュ・ドルチェ〉の草野裕子さん、取材だけでなく、夕食にもおいしいお店へ連れていっていただいて、ありがとうございました。駆け足な取材につきあっていただいちゃって、お手数おかけしました。

他にもお世話になった方々、ありがとうございました。

今年になってから急に忙しくなってきて、ペースをつかめずにいるのですが、ペースをつかめてもまたどんどん変わるに違いないので、早々にあきらめている今日この頃です。

それでは、また。

エ・ピュ・ドルチェ

札幌市中央区北４条西13丁目1‐27　ナムズビル　１F
０１１・２８０・６４６６　http://www.dolce-f.jp/

パティスリー　ヨシ

札幌市西区西野10条8丁目2‐7
０１１・６６６・７４６７　http://p-yoshi.jp/

うさぎとおひさま

札幌市東区北45条東15丁目3‐18
０１１・７５１・０２０１
http://mon-petit-lapin.tea-nifty.com/blog/

光文社文庫

文庫書下ろし
ぶたぶた洋菓子店
著者　矢崎存美

2013年7月20日　初版1刷発行
2013年8月10日　2刷発行

発行者　駒井稔
印刷　萩原印刷
製本　ナショナル製本

発行所　株式会社　光文社
〒112-8011　東京都文京区音羽1-16-6
電話(03)5395-8149　編集部
8113　書籍販売部
8125　業務部

ISBN978-4-334-76593-4　Printed in Japan

組版　萩原印刷

お願い　光文社文庫をお読みになって、いかがでございましたか。「読後の感想」を編集部あてに、ぜひお送りください。
　このほか光文社文庫では、どんな本をお読みになりましたか。これから、どういう本をご希望ですか。どの本も、誤植がないようつとめていますが、もしお気づきの点がございましたら、お教えください。ご職業、ご年齢などもお書きそえいただければ幸いです。当社の規定により本来の目的以外に使用せず、大切に扱わせていただきます。

光文社文庫編集部